DISPARATES DE ESCUELA

LA FIEBRE DEL TESORO

ANDY GRIFFITHS

SCHOLASTIC INC.
New York   Toronto   London   Auckland   Sydney
Mexico City   New Delhi   Hong Kong   Buenos Aires

A Miss S

Originally published in English as *Schooling Around: Treasure Fever!*

Translated by Nuria Molinero

ISBN 13: 978-0-545-07913-6
ISBN 10: 0-545-07913-6

12 11 10 9 8 7 6 5 4 3 2 1   8 9 10 11 12 13/0

Printed in the U.S.A.

First Spanish printing, September 2008

Capítulo 1

Había una vez

Había una vez —y todavía hay— una escuela llamada Central Noroeste Sureste.

La escuela Central Noroeste Sureste está situada al sureste de una pequeña ciudad llamada Noroeste, que está situada al noroeste de una gran ciudad llamada Ciudad Central.

No hace falta que sepas dónde está Ciudad Central. No es importante.

Lo que Sí es importante es la escuela.

En esa escuela hay un salón de clases y en ese salón hay una clase de quinto grado y, muchísimo más importante, en esa clase de quinto grado hay un estudiante llamado Henry MacTrote, a quien le gusta contar historias.

Y aquí es donde aparezco yo.

Yo soy Henry MacTrote y me encanta contar historias. Esta es mi última historia.

Cuenta cómo mis amigos y yo encontramos un tesoro enterrado que llevaba mucho tiempo perdido, cómo desenmascaramos a un ladrón y cómo evitamos

1

que el mejor maestro que jamás habíamos tenido perdiera su empleo.

Y todo es verdad.

Hasta la última palabra.

Capítulo 2

Una mañana poco habitual

Todo empezó una mañana cuando nuestra maestra, la señora Tizarrón, llegó tarde a clase. Aparentemente esto no es tan extraño pero, créeme, era muy raro, pues la señora Tizarrón NUNCA llegaba tarde. Siempre aparecía exactamente a las 8 horas 36 minutos de la mañana. Esa mañana en particular, llegó esa hora, pasó esa hora y la señora Tizarrón no apareció.

Y no es que a nadie le importara demasiado.

Clive Durkin se entretenía masticando pedacitos de papel y lanzándolos a los demás.

Jack Japes dibujaba caricaturas inclinado sobre su mesa. Jack siempre estaba dibujando caricaturas. Era el mejor dibujante de la clase.

Gretel Armstrong, la niña más fuerte de la clase, se echaba un pulso a sí misma. Tenía que hacerlo sola porque nadie quería echarle un pulso. Jenny Friendly la animaba. Parecía que el brazo izquierdo de Gretel estaba ganando.

Grant Gadget pulsaba enfebrecido los botones de un aparato electrónico. Grant Gadget SIEMPRE estaba pulsando botones en algún tipo de aparato electrónico.

Gina y Penny Palomino cepillaban las largas crines de colores de sus caballos de juguete. Gina y Penny SIEMPRE estaban cepillando sus caballos de juguete. Cuando no lo hacían, cabalgaban por toda la escuela sobre caballos imaginarios. A Gina y a Penny les ENCANTABAN los caballos.

El resto de la clase se entretenía en actividades de mayor o menor importancia. Más bien, de menor importancia.

Los únicos que parecían preocupados porque la señora Tizarrón no aparecía eran los delegados de la clase, Fiona MacSeso y David Worthy. David miraba con ansiedad su reloj y comparaba la hora con la del reloj colgado en la pared. Fiona estaba en el umbral de la puerta, asomada al pasillo.

—¡Todavía no llega! —dijo—. No puedo creer que la señora Tizarrón no haya llegado TODAVÍA.

De repente, mi mejor amiga, Jenny Friendly me tomó del brazo.

—¡Henry! ¡A Newton le pasa algo!

Miré a Newton Otón. Se agarraba a la mesa con fuerza, como si temiera salir volando. Estaba pálido y cerraba los ojos con fuerza. Me di cuenta de que estaba al borde de un ataque de pánico.

Claro que tienes que entender que esto no era tan raro. Newton estaba casi SIEMPRE al borde de un ataque de pánico. Verás, a Newton le daba miedo... bueno, ¡todo! Arañas, carreteras con autos, alturas, relámpagos, bastoncillos de algodón, mariposas... cualquier cosa que se te ocurra, a él le daba miedo. Eso sí, nunca lo había visto tan asustado como hoy.

Jenny y yo nos levantamos y nos acercamos a él.

—¡Newton! —dije, apoyando mi mano en su hombro—. ¿Qué ocurre?

Newton tragó saliva con esfuerzo. Parpadeó y me miró con los ojos muy abiertos, como si fuera la primera vez que me veía.

—La se-señora Tizarrón —dijo Newton—. ¡Lle-llega tarde!

—No te preocupes —dijo Jenny, mientras le daba palmaditas en la espalda con suavidad—, simplemente llega un poco tarde, no es nada.

—Pe-pero ¡nunca se retrasa! —tartamudéo Newton—. ¿Y si, y si no viene nunca más? ¿Entonces, qué?

—Entonces enviarán a un sustituto —dijo Jenny—. Todo irá bien. Seguramente su auto se descompuso.

—O está en un atasco —sugerí.

—Imposible —dijo Fiona, que había vuelto de su puesto de vigilancia en la puerta—. La señora Tizarrón no tiene auto. Viene en autobús.

—Ah, sí —dije—. Tienes razón, gracias por tu ayuda, Fiona.

—Por nada —dijo Fiona sin darse cuenta de mi sarcasmo.

—¿Y si tuvo un accidente? —dijo Newton.

—No lo veo probable —dijo Jenny—. Ya sabes que la señora Tizarrón es muy cuidadosa.

—Sí, pero incluso la gente cuidadosa puede tener un accidente —dijo Fiona—. Por eso se llaman ACCIDENTES. Quizás le pasó algo al autobús.

Newton palidecía cada vez más, si es que era posible.

—Cierto —intervino Jack, siguiendo el razonamiento de Fiona—. Quizás había una mancha de aceite en la carretera y el autobús patinó y cayó por un acantilado al mar... que estaba infestado de tiburones... y los tiburones entraron en el autobús y se comieron vivos a los pasajeros... y solo quedaron sus huesos. Imaginen que el esqueleto de la señora Tizarrón escala de nuevo el acantilado y consigue que alguien la traiga a la escuela y entra en la clase y...

—¡JACK! —gritó Jenny—. ¡Por favor! ¡Vas a matar a Newton de miedo! ¡Estoy segura de que la señora Tizarrón está BIEN!

—Entonces, ¿dónde está? —dijo Fiona levantándose y mirando el pasillo de nuevo—. Debería estar aquí ya. Ahora tenemos matemáticas.

—¿Cuál es el problema? —dijo Clive—. DEBERÍAMOS estar en matemáticas, pero NO estamos en matemáticas. Eso es bueno, ¿no?

6

—¡Pero a mí me gustan las matemáticas! —dijo Fiona.

—¡A mí también! —dijo David.

—¡Yo odio las matemáticas! —dijo Clive—. Ustedes deberían hacerse examinar el cerebro.

—Tú deberías BUSCARTE un cerebro, Clive —dijo David—. Así disfrutarías más las matemáticas.

—¡Cuidado con lo que dices, Worthy! —dijo Clive—. O si no...

—Si no, ¿qué? —interrumpió David.

—Si no, le contaré a mi hermano lo que dijiste y ya te adelanto que no le gustará nada.

—Dile a tu hermano lo que quieras —dijo David—. No me asusta.

—Le diré eso también —dijo Clive—. ¡Te arrepentirás TANTO! ¡Te arrepentirás TANTO, TANTO!

A Newton casi se le salían los ojos de las órbitas.

—Chicos —pidió Jenny—, ¿podrían POR FAVOR, POR FAVOR, dejar de decir cosas terribles? ¡Están disgustando a Newton!

—Es un llorón —dijo Clive.

—¡Y tú eres un bocón! —dije.

—Le contaré a mi hermano lo que dijiste —dijo Clive— y te advierto que no le gustará nada.

—¡Pero es que hay alguna cosa en el mundo que SÍ le guste a tu hermano? —pregunté.

—Sí —dijo Clive—. Dar golpizas, eso SÍ le gusta. Mi hermano es muy fuerte, podría golpear a toda la clase si quisiera.

Newton gimió. La imagen del hermano de Clive, Fred Durkin, golpeando a toda la clase era claramente demasiado para él.

Pobre Newton.

¡Si hubiera sabido lo que ÉL acabaría haciéndole a Fred Durkin!

Pero DEFINITIVAMENTE era mucho mejor que no lo supiera. DEFINITIVAMENTE, habría sido demasiado para él.

Capítulo 3

El director Barbaverde

De repente, Fiona corrió desde la puerta a sentarse a su mesa.

—¡Chis! Silencio —dijo—. Aquí llega el director Barbaverde... ¡y alguien viene con él!

Estaba claro, algo pasaba. Quizás la señora Tizarrón HABÍA TENIDO un accidente de verdad.

Al oír el nombre del director Barbaverde, los ojos de Newton volvieron a abrirse como platos.

—Todo irá bien, Newton —dije.

Newton solo me miró, demasiado asustado para hablar.

Jenny y yo le dimos una última palmadita de ánimo y volvimos a nuestros asientos.

Acabábamos de sentarnos cuando el director Barbaverde y otro hombre entraron en el salón de clases.

El director Barbaverde, vestido con un uniforme blanco de la Marina, como el de un capitán de barco, saludó a la clase.

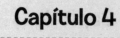

Capítulo 4

Lo que debes saber sobre el director Barbaverde

Antes de continuar, debes saber que el director Barbaverde no es en realidad capitán de ningún barco. Sencillamente le encantan los barcos y navegar.

Y cuando digo que le encantan los barcos y navegar, quiero decir que REALMENTE le encantan los barcos y navegar.

De hecho, le gustan tanto, que se comporta como si la escuela fuera un enorme barco en el que los maestros y los niños son los marineros y él, por supuesto, el capitán.

Es importante que sepas esto porque si no, pensarás que está un poco loco.

Bueno, es cierto que sí está un POCO loco, pero no COMPLETAMENTE loco. Solo está loco por todo lo que tiene que ver con los barcos y navegar.

Capítulo 5

El señor Sesoalegre

—¡Buenos días, tripulación! —dijo el director Barbaverde.

Todos nos pusimos en pie de un salto y saludamos. Estábamos bien entrenados.

—¡Buenos días, director Barbaverde! —gritamos a coro. Bueno, todos menos Newton, que se quedó sentado, congelado.

—Quiero que le den la bienvenida a un nuevo miembro de la tripulación que llega a bordo del buen barco escuela Central Noroeste Sureste —dijo—. Este es el señor Sesoalegre. Él será su oficial al mando durante el resto del trimestre. Por desgracia, la señora Tizarrón encontró clima adverso y tendrá que quedarse en dique seco por un tiempo. Así que cuento con todos ustedes para que ayuden al señor Sesoalegre a hacerse con el timón. Estoy seguro de que si todos remamos juntos conseguiremos que este viejo cascarón se mueva. ¿Está claro?

—¡Sí, señor! ¡Sí, director Barbaverde! —dijimos.

El director Barbaverde se volvió hacia el señor Sesoalegre y saludó.

—¡Feliz travesía, señor! —dijo, y salió del salón caminando con rápido paso militar.

Nos quedamos mirando al señor Sesoalegre. El señor Sesoalegre nos miraba con un brillo salvaje en sus penetrantes ojos verdes. El señor Sesoalegre no se parecía a ningún maestro de la escuela Central Noroeste Sureste... por decirlo delicadamente.

Llevaba una chaqueta morada, una camisa anaranjada y una corbata verde brillante. El cabello salía de su cabeza disparado en todas direcciones, como si un instante antes de entrar en nuestro salón hubiera sufrido una tremenda descarga eléctrica.

Y además tenía ese brillo salvaje en los ojos.

El señor Sesoalegre se frotó las manos y sonrió.

—Bien, salón 5C, ¿qué me enseñarán esta mañana? —dijo.

Capítulo 6

Lo que los maestros NO saben

No sé cómo serán los maestros de tu escuela, pero ninguno de los maestros de la escuela Central Noroeste Sureste JAMÁS había empezado una lección preguntándonos a NOSOTROS, los estudiantes, qué íbamos a enseñarle.

Estábamos a punto de descubrir que el señor Sesoalegre hacía las cosas de una manera un poquito diferente a los otros maestros.

Bueno, de forma MUY diferente, la verdad.

—¡Usted tiene que enseñarnos a NOSOTROS! —dijo Fiona.

—¿Pero de dónde diablos sacaron esa idea? —dijo el señor Sesoalegre.

—Bueno, está claro —dijo Fiona—. ¡Usted es el maestro!

El señor Sesoalegre sonrió.

—¿Y tú crees que los maestros lo saben todo?

—Pues sí —dijo Fiona.

El señor Sesoalegre se quedó mirándola.

—¿TODO? —preguntó.

—Bueno, TODO, TODO, no —dijo Fiona—. Pero se supone que saben más que los estudiantes.

—Yo no estaría tan seguro —dijo el señor Sesoalegre—. ¿Quién puede sugerir algo que ustedes saben que yo no sé?

—¡Nuestros nombres! —dijo Jack, siempre rápido como el rayo—. Usted no los sabe y nosotros sí.

El señor Sesoalegre asintió.

—¡Correcto! ¡Denme otro ejemplo!

—Bajar una escalera en patinete sin caerse —dijo Gretel.

—En realidad yo SÉ hacer eso —dijo el señor Sesoalegre—, pero todavía no domino la bajada por la barandilla así que bueno... tu sugerencia es válida. Aún tengo que aprender mucho con el patinete. ¡Más cosas!

—¡Apuesto a que no sabe asear a un caballo! —dijo Gina.

—¡Excelente! —dijo el señor Sesoalegre—. Ahí me pillaste. ¡No sabría ni por qué lado del caballo empezar!

—Oh, eso es fácil —dijo Penny—. Por la cabeza, claro. Agarras un cepillo que se llama almohaza...

Clive la interrumpió, lo que estuvo muy bien porque cuando Gina o Penny empiezan a hablar de caballos puede pasar mucho tiempo.

—¡Usted no sabe hacer bolitas de saliva superfuertes! —dijo Clive.

—¡Pillado otra vez! Es un arte en el que por desgracia soy totalmente ignorante.

Clive parecía confuso. Creo que no entendió lo que el señor Sesoalegre estaba diciendo. Pero la verdad es que no suele comprender casi nada, aparte de las bolas de saliva superfuertes y amenazar a los demás con llamar a su hermano.

—¡Volar! —dijo Grant.

—Cierto —dijo Sesoalegre—. Yo no SÉ volar, pero sospecho que tú tampoco.

—Todavía no —dijo Grant—. Pero mi papá es inventor y está trabajando en una unidad de propulsión tan pequeña que cabrá en el talón del zapato. Y cuando esté lista, yo seré el primero en probarla.

—¡Me alegro por ti! —dijo el señor Sesoalegre—. Espero que a mí también me dejes intentarlo. Siempre quise aprender a volar.

—Claro —dijo Grant—. Hablaré con mi papá.

—Pues ya lo ven —dijo el señor Sesoalegre—. ¡Todos ustedes tienen tanto que enseñarme! El problema es ¿por dónde empezamos?

—¡Por matemáticas! —dijo Fiona—. Siempre estudiamos matemáticas los lunes por la mañana.

—Llegaremos a eso un poco más tarde —dijo el señor Sesoalegre—. Me gustaría empezar por lo más básico. Primero aprenderemos a respirar.

Capítulo 7

Cómo respirar

—¡Pero ya sabemos respirar! —protestó David.

—¡Corrección! —dijo el señor Sesoalegre—. Casi todo el mundo CREE que sabe respirar, pero en realidad no tiene ni idea.

El señor Sesoalegre se acercó a la fila de ventanas que se extendía de un extremo a otro del salón de clases y las abrió todas de par en par.

—¿Alguien puede decirme qué es esto? —preguntó.

—¿Una ventana? —dijo Jenny.

—Sí, ¿qué mas? —dijo el señor Sesoalegre.

—¿Una ventana abierta? —dijo Jenny.

—¿Y? —dijo el señor Sesoalegre mirándonos a todos—. ¿Y?

Nadie estaba seguro de qué decir. Todos lo mirábamos fijamente.

—¡Aire fresco! —gritó.

El señor Sesoalegre era la primera persona a la que yo veía TAN emocionada por un poco de aire fresco.

—¿Podemos empezar con matemáticas ahora? —preguntó Fiona levantando la mano.

—¡Pero no hemos aprendido a RESPIRAR! —dijo el señor Sesoalegre—. ¡No podemos empezar con matemáticas ni con ninguna otra cosa si no sabemos llenar nuestros cerebros de oxígeno fresco! ¡Por favor, todo el mundo de pie!

Me puse en pie. Nunca había tenido una lección sobre "cómo respirar" y menos un lunes por la mañana.

Los lunes por la mañana los pasábamos normalmente colocando números en columnas para después sumarlos, restarlos, multiplicarlos y dividirlos. Claro que tenías que respirar al mismo tiempo, pero respirar no era el objetivo del ejercicio. El objetivo del ejercicio era encontrar la respuesta correcta.

—De acuerdo —dijo el señor Sesoalegre—. Parados y bien estirados. Coloquen las manos en el estómago. Ahora inspiren profundamente por la nariz. Sigan tomando aire... su estómago debería inflarse como un pequeño balón.

—¿Nos examinará sobre esto? —preguntó Fiona MacSeso levantando la mano.

—¿Examen? —replicó el señor Sesoalegre—. ¿De qué diablos estás hablando?

—La señora Tizarrón nos examina al final de cada nueva unidad de trabajo —dijo Fiona.

—¿Te gustaría hacer un examen? —preguntó el señor Sesoalegre.

—¡Sí! —respondió Fiona—. ¡Me encantan los exámenes!

—Muy bien —dijo el señor Sesoalegre—. Eso es bueno porque este es el examen más importante que harán JAMÁS. Si respiran correctamente, vivirán. Si no... bueno me temo que no harán más exámenes, ni de esto ni de ninguna otra asignatura.

Fiona asintió con seriedad. En toda su vida jamás había suspendido un examen y no pensaba empezar ahora. Especialmente cuando había tanto en juego.

Jenny me dio un codazo y señaló a Newton.

Lo miré.

Newton estaba temblando.

—Está bien, Newton —susurré—. ¡Sigue respirando y aprobarás!

Newton asintió.

—No susurren —dijo el señor Sesoalegre—. ¡Solo respiren!

Inspiré. Sentí que el pecho se me hinchaba.

—Mientras respiran, sientan el aire pasando por su nariz —dijo—. Sientan el aire pasando por detrás de la garganta y hasta el pecho. Noten el momento en el que sus pulmones están llenos y el momento de quietud justo antes de expulsar el aire. Sientan el oxígeno del aire mezclándose con su sangre. Sientan la

18

sangre viajando por los brazos, las piernas y el cerebro. ¿ACASO RESPIRAR NO ES EMOCIONANTE?

—¿Nos podemos sentar ya? —dijo Clive.

—¿Sentarse? —dijo el señor Sesoalegre—. ¡Pero si acabamos de empezar!

—¿Cuándo empezaremos con el verdadero trabajo? —preguntó David levantando la mano.

—¡Este ES el verdadero trabajo! —dijo sonriendo el señor Sesoalegre—. ¿Qué puede ser más importante que aprender a respirar? Hay que hacerlo todos los días, cada minuto, cada segundo que estás vivo, y si dejaras de hacerlo, morirías. Creo que merece un mínimo de nuestra atención, ¿no crees?

—Pero a mí me gustan las matemáticas —dijo Fiona—. ¿Puedo contar el número de inspiraciones que hago?

—Si quieres —dijo el señor Sesoalegre—, aunque no entiendo por qué simplemente respirar no es suficiente diversión para ti. A mí me encanta respirar. ¡Cuánto más aire fresco, mejor!

Y después de decir eso, el señor Sesoalegre asomó primero la cabeza y luego toda la parte superior de su cuerpo por la ventana.

—¡Inspiren! —gritó—. ¡Así!

Vi el pecho del señor Sesoalegre hincharse y entonces... bueno... entonces el señor Sesoalegre desapareció.

Parpadeé.

No podía creerlo.

¡El señor Sesoalegre se había caído por la ventana!

Sí. Leíste la última línea correctamente.

¡¡¡EL SEÑOR SESOALEGRE SE HABÍA CAÍDO POR LA VENTANA!!!

Todavía no estoy seguro de cómo ocurrió.

Pero ocurrió.

Ya lo creo que ocurrió.

Capítulo 8

El salón 5C al rescate

Quizás estés pensando, *"Bah, vaya cosa, los maestros de nuestra escuela se caen por la ventana a cada rato. A veces incluso los empujan"*. Pero no sabes que nuestro salón de clases está en la segunda planta. Si un maestro se cae por NUESTRA ventana, ¡es muy GRAVE!

—¡Que alguien HAGA algo! —exclamó David.

—¿Por qué no haces TÚ algo? —replicó Jack—. ¡Tú eres el delegado de la clase!

—¿Qué sugieres? —dijo David—. Esto no aparece en el manual del delegado de la clase.

—¿Hay un manual para delegados de clase? ¿De verdad? —preguntó Jack.

—¡No, claro que no! —dijo David—. Estaba bromeando.

—A... a... a —dijo Newton.

—¡Oh, no! —dijo Jenny—. Newton está teniendo otro ataque de pánico.

—¡A-a-agárrenlo por los pies! —dijo Newton señalando la ventana.

Corrí hasta la ventana.

21

Y allí estaban, en el alfeizar de la ventana, dos puntas negras. Las puntas de los zapatos del señor Sesoalegre.

El señor Sesoalegre estaba colgado cabeza abajo, sujeto solamente por las puntas de los zapatos, ¡en la ventana de una segunda planta!

—Quizás podrías subirme —dijo muy tranquilamente, como si no estuviera colgado cabeza abajo, sujeto solamente por las puntas de los zapatos en la ventana de una segunda planta.

—Sí, señor —dije—. No hay problema.

Agarré uno de los tobillos del señor Sesoalegre e intenté jalar, pero pesaba demasiado. Me volví hacia la clase. Todos me miraban sin ninguna expresión.

—¿A qué esperan? —grité—. ¡Échenme una mano!

Gretel Armstrong vino corriendo y agarró el otro tobillo del señor Sesoalegre.

—¡Ya te tengo! —gritó.

Gretel era la niña más fuerte de nuestra escuela. Se rumoreaba que era capaz de derribar a una persona de un solo puñetazo. Nadie lo había visto, pero ese era el rumor y nadie quería realmente comprobar si era cierto.

—¿Qué hacemos? —pregunté.

—Tenemos que jalar, por supuesto —dijo Gretel—. ¿Estás listo? ¡Uno, dos, arriba!

Gretel y yo jalamos con todas nuestras fuerzas, pero el señor Sesoalegre pesaba demasiado.

—¡Necesitamos ayuda! —dijo Gretel—. ¡Jenny! Rodea mi cintura con tus brazos. ¡Después que alguien te agarre a ti y que alguien agarre a ese alguien y así sucesivamente! David, tú organiza a los niños para que hagan lo mismo con Henry. Cuando yo dé la señal, todos jalamos al mismo tiempo. ¿Entendido?

—¡Entendido! —dijo Jenny.

—¡Genial! —dijo David—. ¿Cómo no se me ocurrió a mí?

—Quizás porque no estaba en el manual del delegado de clase —dijo Jack.

—Qué chistoso, Jack —dijo David—. Ahora ponte en tu lugar. Esto es serio.

—A la orden, mi capitán —dijo Jack mientras hacía un saludo militar.

Cuando todo el mundo estuvo colocado en fila, Gretel dio la orden de jalar.

—Muy bien, escuchen —dijo—. ¡Jalen todos!

—¡JALEN! —gritó la clase mientras jalábamos.

—¡JALEN! —gritó Gretel.

—¡JALEN! —gritamos todos.

Esto duró un rato hasta que conseguimos subir lentamente la mitad del señor Sesoalegre al salón de clases.

Y entonces fue cuando la puerta del salón de clases se abrió de golpe.

23

Capítulo 9

La señora Hinojo

—¿Pero qué se creen que están haciendo? —dijo una voz enojada. La voz sonaba tan enojada que en realidad solo podía pertenecer a una persona: la señora Hinojo. La señora Hinojo era seguramente la maestra más enojada de toda la escuela Central Noroeste Sureste. De hecho, creo que nunca he visto que esté en otro estado de ánimo.

Miré por encima de mi hombro.

La señora Hinojo estaba en el umbral de la puerta con la cara sonrojada y las manos apoyadas en la cadera.

—Intento dar una lección en el salón de al lado —dijo—, ¡pero apenas me oigo a mí misma con tantos gritos! ¿Pueden por favor explicar qué demonios están haciendo? ¿Y dónde está su maestro?

Desafortunadamente —o afortunadamente, según se mire—, en ese momento logramos subir la otra mitad del señor Sesoalegre. Pero fue tan repentino que ninguno de nosotros estaba preparado, así que todos saltamos hacia atrás y caímos al piso, a los pies

24

de la señora Hinojo, empujándola y haciéndola caer también a ella.

—¡Apártate! —gritó la señora Hinojo, empujando muy enojada a Fiona MacSeso. Se puso en pie y empezó a arreglarse el vestido.

—Buenos días —dijo el señor Sesoalegre cortésmente, como si antes no hubiera estado colgando de la punta de los zapatos del alféizar de una ventana en la segunda planta—. Soy el señor Sesoalegre. Siento mucho el ruido, tuve un pequeño accidente.

La señora Hinojo miró con furia al señor Sesoalegre.

—¿Dónde está la señora Tizarrón?

—Tuvo que quedarse en dique seco por un tiempo —dijo el señor Sesoalegre—. Yo soy el maestro sustituto del 5C.

—¿De verdad? —dijo la señora Hinojo, mirándolo con sospecha—. Bueno, ¿pueden hacer menos ruido? ¡Algunos intentamos dar clase!

—¡Y algunos nos caemos por la ventana! —dijo el señor Sesoalegre.

La señora Hinojo abrió la boca como si fuera a decir algo, pero la cerró enseguida mientras intentaba comprender lo que el señor Sesoalegre acababa de decir.

Después, se dio la vuelta y salió del salón moviendo la cabeza.

—Gracias a todos por su ayuda —dijo el señor Sesoalegre—. Pueden volver a sus asientos.

Me encantó.

Acabábamos de salvarle la vida y él cortésmente "nos agradecía nuestra ayuda", como si simplemente le hubiéramos sujetado la puerta para dejarlo pasar.

Volvimos a nuestros asientos, nos sentamos y miramos al señor Sesoalegre.

—Como ven —dijo—, es muy importante no caerse por la ventana mientras respiran.

Capítulo 10

La importante lección número 1 del señor Sesoalegre

Es muy importante no caerse por la ventana mientras respiran.

Capítulo 11

Un hombre, una cabra, un lobo y una col

—¿Podemos empezar con matemáticas ahora? —preguntó Fiona.

Toda la clase refunfuñó.

—Claro que sí —dijo el señor Sesoalegre.

La clase entera volvió a refunfuñar.

—Estamos en el capítulo 10 del libro —dijo Fiona, muy servicial.

—¿Qué libro es?

—ESTE libro —dijo Fiona, mientras sostenía en alto nuestro libro de texto, *Las matemáticas son divertidas*.

El señor Sesoalegre tomó el libro de Fiona y pasó las páginas.

—Ummm —dijo—. Se llama *Las matemáticas son divertidas,* pero no parecen muy divertidas si miras este libro, ¿no creen?

—A mí me gusta —dijo Fiona.

—¿Qué es lo que te gusta en particular? —dijo el señor Sesoalegre.

—Me gusta resolver problemas —dijo Fiona.

—¿Ah, sí? —dijo el señor Sesoalegre, mientras movía pensativo la cabeza—. ¡Aquí tienen un problema REAL! Un hombre tiene una cabra, un lobo y una col. Llega a un río donde no hay puente, pero hay una pequeña barca con la que puede cruzarlo. En la barca solo cabe una de las cosas que lleva. Si lleva primero al lobo, la cabra se comerá la col. Si se lleva la col, el lobo se comerá a la cabra. ¿Cómo resuelve el problema?

—Pe-pero... ¡Eso no son matemáticas! —dijo Fiona.

—¿Por qué no? —dijo el señor Sesoalegre.

—¡Porque no tiene números! —dijo Fiona.

—Quizás no tenga números —dijo el señor Sesoalegre—, pero definitivamente es un problema. Un problema de la vida real al que ustedes quizás se enfrenten algún día.

—Pero si no tengo ninguna barca —dijo David—, ni una cabra, ni un lobo. Y no me gusta la col, así que ¿por qué iba a cargar con una?

—Usa tu imaginación, David —dijo el señor Sesoalegre.

—Pero usted dijo que era un problema de la vida real —dijo David.

—La imaginación ES parte de la vida real —dijo el señor Sesoalegre—. ¡Y la vida real a veces exige un montón de imaginación!

—Pero ¿por qué tiene ese hombre que cruzar el río? —preguntó Clive.

—No importa —dijo el señor Sesoalegre—, pero ya que lo preguntas, supongamos que va a visitar a un amigo que vive al otro lado del río.

—¿Por qué tiene que llevar la cabra, el lobo y la col?—preguntó Clive.

—Tampoco importa —dijo el señor Sesoalegre—. Quizás le preocupa que se sientan solos si los deja en casa.

—Entiendo que un lobo y una cabra pueden sentirse solos —dijo David—. ¿Pero cómo puede sentirse sola una col? ¡Las coles no tienen sentimientos!

—¿Cómo puedes estar tan seguro? —dijo el señor Sesoalegre.

—¡Porque es una COL! —dijo Fiona—. ¡Las coles son plantas y las plantas no tienen sentimientos!

—Esta col sí los tiene —dijo el señor Sesoalegre—. Es una col inusualmente sensible. Va a todas partes con ese hombre. De hecho, es su mejor amiga. Un día él la rescató de la frutería. Oyó que lo llamaba: "¡Sálvame, sálvame, van a comerme!". Y el hombre la compró, la llevó a casa y los dos se hicieron amigos enseguida. Así que ya ven que es imposible que el hombre la deje en casa o que se arriesgue a que se la coma la cabra.

Fiona y David se quedaron pensativos.

—Así que este es el problema —dijo el señor Sesoalegre—. ¿Quién quiere sugerir una solución?

Clive levantó la mano.

—Si yo fuera el hombre, estrangularía al lobo para que no se comiera la cabra y estrangularía a la cabra para que no se comiera la col. Y después estrangularía la col para que no pudiera comerse la cabra ni el lobo. Y entonces ya no importaría en qué orden los llevo a cruzar el río.

—¡Pero entonces estarían todos muertos! —dije.

—¿Y qué? —dijo Clive.

—Bueno, no tiene ningún sentido —dijo Fiona—. ¿Por qué iba a estrangular el hombre a la col? Las coles no comen ni lobos ni cabras.

—¡Porque la col iba a estrangularlo a él! —dijo Clive—. Era una col mala.

—¡Pero si es su mejor amiga! —dijo Fiona.

—Tuvieron una discusión —dijo Clive.

El señor Sesoalegre miró a Clive y asintió.

—Muy interesante —dijo—, muy interesante. Pero creo que sería preferible que cruzara el río con todos vivos. Incluso la col.

—Como usted quiera —dijo Clive—. Yo solo quería ayudar.

—¿Qué tipo de barca es? —preguntó Grant—. ¿Es una lancha motora?

—No —dijo el señor Sesoalegre.

—¿Es una lancha rápida?

—No —dijo el señor Sesoalegre.

—¿Es un *hovercraft*? —dijo Grant con voz esperanzada—. ¡Los *hovercrafts* son incluso más chéveres que las lanchas motoras!

—No es una lancha motora, ni una lancha rápida ni un *hovercraft* —dijo el señor Sesoalegre—. Es una simple barca de remos.

—Ah —dijo Grant con desdén—. Las barcas de remos son como del siglo PASADO.

—¿Tiene este hombre un caballo? —preguntó Penny.

—No —dijo el señor Sesoalegre—. Solo un lobo, una cabra y una col.

—¿Dónde está su caballo? —preguntó Gina.

—No lo sé —dijo el señor Sesoalegre—. Quizás se escapó.

Las gemelas pusieron cara de preocupación.

—¿Escapó? ¿Y no debería buscarlo?

—Lo está buscando —dijo el señor Sesoalegre, mientras respiraba hondo—. Esa es una de las razones por las que tiene que cruzar el río. Para buscar su caballo.

—¿Y cómo cruzó el caballo el río? —preguntó Gina.

—No importa —dijo el señor Sesoalegre—. Por lo que sé, ¡podría haber cruzado remando!

—No —aseguró Penny—. Imposible. Los caballos no saben remar.

—Este sí —dijo el señor Sesoalegre—. Ganó tres años seguidos el campeonato mundial de remo de caballos. Pero eso no importa. Lo importante es cómo cruzará el hombre el río con el lobo, la cabra y la col. ¡El primero que sugiera una solución conseguirá una paleta de caramelo!

Con eso, desde luego, consiguió que prestáramos atención. A nadie realmente le importaban las cabras, los lobos o las coles, pero SÍ nos importaban las paletas de caramelo.

Y a NADIE le importaban más las paletas de caramelo que a MÍ.

Capítulo 12

Número exacto de personas en el mundo a las que les importan las paletas de caramelo más que a mí

Cero.

Capítulo 13

Una bolita húmeda

Mi problema es que no sabía cómo empezar a resolver el problema. ¿Debería el hombre cruzar primero con la col? Después de todo, era su mejor amiga. Pero si hacía eso, el lobo se comería a la cabra.

Así que claramente era mejor si el hombre cruzaba primero con el lobo. Pero entonces la cabra se comería la col desprotegida.

Así que sería mejor cruzar primero con la cabra. Pero entonces el hombre tenía que volver a buscar al lobo o la col; y si llevaba primero al lobo, este se comería la cabra mientras el hombre volvía a buscar la col.

Si se llevaba la col, entonces la cabra se comería la col mientras él volvía a buscar al lobo.

¡Era imposible! ¡No había ninguna manera de resolverlo!

De repente... ¡Zas! Una bolita húmeda me golpeó la nuca.

Ahora tenía otro problema.

Clive Durkin.

Clive no era solo la clase de persona que no dudaría en estrangular un lobo, una cabra o una col si tenía prisa por cruzar un río. También, como creo que mencioné antes, le encantaba masticar trocitos de papel, hacer una bolita con ellos y lanzársela a alguien.

Y había elegido este momento para centrar su atención en mí.

—¡Qué chistoso! —dije girando.

—¿Qué dices? —dijo Clive, poniendo su cara más inocente, que en realidad no tenía nada de inocente—. ¡Yo no hice nada!

—Entonces, ¿qué es esto? —dije, quitándome la bolita de la nuca.

—Ni idea —dijo Clive, encogiéndose de hombros y mirando la bolita—. ¿Tu cerebro?

Estaba a punto de responder algo chistoso como "No, creo que es TU cerebro", cuando recordé la paleta de caramelo. No podía distraerme. Tenía que ser maduro.

—Oh, me pregunto de dónde habrá salido. ¡Gracias, Clive!

Eso seguro que lo dejó de piedra.

Puse el trocito de papel masticado en mi mesa y volví al problema.

Pero no había ni empezado a considerar si el hombre debía darse por vencido, marcharse a casa y ponerse a hablar por teléfono con su amigo, cuando sentí otra bolita en la nuca.

—Ja, ja, ja —rió Clive—. Te pillé de nuevo, MacTrote.

Tuve la tentación de tomar la bolita, girarme y metérsela por la nariz, pero no tenía tiempo. Tenía que ganar una paleta de caramelo.

Me quité la bolita de la nuca, la puse junto a la otra bolita y me concentré de nuevo en el problema.

Sentí otra bolita húmeda.

Y otra más.

Coloqué estas dos bolitas al lado de las dos primeras y me quedé mirándolas.

Cuatro bolitas.

Seguí mirándolas. Cuatro bolitas... cuatro bolitas... igual que en el problema que nos había planteado el señor Sesoalegre: cuatro cosas, un hombre, una cabra, un lobo y una col.

Tomé aire profundamente mientras me daba cuenta de que las bolitas podían representar al hombre, la cabra, el lobo y la col y podían ayudarme a resolver el problema.

Miré a mi alrededor. Nadie lo había resuelto todavía. Ni siquiera Fiona o David. Aún tenía una oportunidad.

Coloqué las bolitas en un lado de la mesa. Coloqué la regla en el centro para representar el río y luego puse la bolita más grande sobre mi goma de borrar, que representaba la barca. Examiné mi barca borrador con la bolita hombre encima. ¿Y si el hombre dejaba la col con el lobo y llevaba primero la cabra? La bolita col estaría a salvo con la bolita lobo.

Coloqué la bolita cabra sobre la goma y la empujé para que cruzara la regla río. La bolita hombre puso la bolita cabra en el otro lado y volvió a cruzar la regla río hasta donde esperaban la bolita lobo y la bolita col.

Examiné las bolitas. No podía cruzar la bolita lobo y dejarla con la bolita cabra... ni tampoco podía cruzar la bolita col y dejarla con la bolita cabra... pero ¿quién decía que tenía que dejar allí a la bolita cabra?

En un instante vi la solución. ¡Estaba tan claro cuando lo representabas con bolitas!

Capítulo 14

La solución

Estaba a punto de levantar la mano cuando David levantó la suya primero.

No podía creerlo.

¡Tanto trabajo!

¡Tantas bolitas!

¡Y todo para nada!

—¿Sí? —dijo el señor Sesoalegre—. ¿Sabes la respuesta?

—Todavía no, señor —dijo David—. ¿Puedo ir al baño?

—Muy bien —dijo el señor Sesoalegre.

La paleta de caramelo TODAVÍA podía ser mía.

Pero cuando estaba a punto de levantar la mano, Jenny se me adelantó.

—¡Tengo la respuesta! —dijo.

—Te escucho —dijo el señor Sesoalegre.

—Mi mamá siempre dice que todos los problemas pueden resolverse si la gente se sienta y habla —dijo Jenny—. Así que si el hombre los sienta a todos y les explica la situación y le pide a la cabra que no se coma la col y le pide al lobo que no se coma a la

39

cabra, entonces podrá cruzar el río llevándolos en el orden que quiera —Jenny sonrió dulcemente al señor Sesoalegre—. ¿Gané la paleta de caramelo?

—No, me temo que no —dijo el señor Sesoalegre.

—¿Por qué no? —dijo Jenny.

—Porque tu solución no vale —dijo el señor Sesoalegre—. La cabra y el lobo no pueden hablar.

—¡Pero la col sí puede! —dijo Fiona.

—Sí —dijo el señor Sesoalegre—. Porque es una col HABLANTE.

—Pero si una col puede hablar, ¿por qué no pueden hablar los lobos y las cabras? —dijo Fiona.

—Algunos lobos y cabras PUEDEN hablar —dijo el señor Sesoalegre—. Pero no los de este problema.

—¡Eso es ridículo! —exlamó Fiona, enojada.

—Quizás sea ridículo —dijo el señor Sesoalegre—. Pero no imposible. ¿Alguien más tiene una solución?

Levanté la mano.

Clive se inclinó hacia mí.

—Si piensas delatarme, ¡cuidado! —susurró—. ¡Le diré al señor Sesoalegre que yo no hice nada!

Simplemente sonreí.

El señor Sesoalegre me miró.

—¿Tienes la solución?

—Sí —respondí—. ¿Y si el hombre cruza primero con la cabra, y luego vuelve a buscar la col, la cruza y la deja allí, pero vuelve con la cabra en la barca, la deja en la otra orilla mientras cruza con el lobo, y luego deja el lobo y la col y vuelve a buscar a la cabra?

—¡Perfecto! —dijo el señor Sesoalegre con expresión radiante—. ¿Cómo te llamas, joven?

—Henry —dije—, Henry MacTrote.

—Bueno, Henry MacTrote —dijo el señor Sesoalegre—. Acabas de ganar una paleta de caramelo. Ven a buscarla.

—¡Muy bien, Henry! —dijo Jenny.

Me acerqué a la mesa del señor Sesoalegre. El señor Sesoalegre abrió un viejo maletín de color rojo carmesí, sacó una enorme paleta de caramelo y me la dio.

Mientras volvía a mi mesa, mecí mi paleta de caramelo ante Clive.

—Gracias por las bolitas —susurré—. No hubiera podido resolver el problema sin ellas.

Clive se quedó mirándome. Ya no se reía.

Mientras me sentaba, Fiona levantó la mano.

—¿Nos examinará sobre esto, señor? —preguntó.

Capítulo 15

Fred Durkin

Antes que el señor Sesoalegre pudiera responderle a Fiona, sonó el timbre que indicaba la hora del almuerzo y todo el mundo se paró y salió afuera.

El patio estaba soleado y hacía calor.

Me sentía bien. No solo teníamos un maestro nuevo muy interesante, sino que además tenía una paleta de caramelo para el almuerzo. Era mucho mejor que un sándwich de queso.

Estaba casi en el medio del patio cuando ocurrieron dos cosas.

La primera es que una nube gris y oscura tapó el sol. La segunda, que Fred y Clive Durkin aparecieron ante mí.

—Dame la paleta de caramelo, MacTrote —dijo Fred con el brazo extendido.

—Pero es MÍA —dije.

—Eso no es lo que dice mi hermano —dijo Fred—. Dice que ganaste la paleta de caramelo usando bolitas masticadas que él hizo.

—Sí —dije—, pero yo no le pedí que me disparara bolitas de papel.

—De todas maneras, usaste SUS bolitas, así que dame la paleta de caramelo —dijo Fred.

—No —dije, mientras intentaba alejarme.

Pero no había llegado muy lejos cuando sentí una mano enorme sobre mi hombro. Me giré. Fred me arrancó la paleta de caramelo de la mano.

—¡Oye! —grité echándome hacia adelante para recuperar mi paleta de caramelo.

Mientras lo hacía, Clive me puso la zancadilla. En lugar de echarme hacia delante, me tropecé y caí sobre Fred, algo poco agradable para mí, pero incluso menos agradable para él.

Mis dedos estaban cada vez más y más cerca de la paleta de caramelo. Estaba apunto de agarrarla cuando sentí que todo mi cuerpo se elevaba en el aire.

—¡MacTrote! —dijo una voz muy enojada—. ¿Qué significa esto?

Sentí que mis pies tocaban la tierra. Estaba parado frente a la señora Hinojo, que estaba incluso más enojada de lo habitual. Porque si algo la enojaba por encima de todo era encontrar a estudiantes peleando en el patio mientras ella era la responsable del patio.

—¿Y bien? —dijo, mirándome fijamente—. ¿Por qué atacas al pobre Fred?

Miré a Fred tumbado en la tierra, retorciéndose como si le doliera muchísimo. ¡Qué gran actor! Si los

43

maestros supieran cómo era en REALIDAD. Siempre se comportaba de forma completamente diferente cuando los maestros estaban cerca.

—¡Es un ladrón! —dije—. ¡Robó mi paleta de caramelo!

—No, yo nunca haría eso —dijo Fred con una mirada tan dolida que hubieras jurado que era tan sincero como alguien a punto de morirse—. Esta paleta de caramelo es MÍA.

—Tiene razón —dijo Clive—. Era su paleta de caramelo.

La señorita Hinojo negó con la cabeza.

—Henry. Así no se hacen las cosas en la escuela Central Noroeste Sureste. ¡Me enoja muchísimo que los estudiantes de la escuela Central Noroeste Sureste se quiten la comida y peleen en el patio como si fueran animales! ¡Esto es completamente inaceptable!

—¡Pero yo no hice nada! —dije.

—¿Que no hiciste nada? —dijo—. ¿Me estás diciendo que me pasa algo en los ojos? ¿Me estás diciendo que no te vi atacar a Fred Durkin?

—Él me atacó primero —dije—. ¡Me atacó para robarme mi paleta de caramelo!

—¡Ya basta! —dijo la señora Hinojo—. Ve a la oficina del director Barbaverde. Le avisaré para que te esté esperando. Clive, ayúdame a llevar a Fred a la enfermería. ¡Tendrá suerte si no necesita una ambulancia después de tan brutal ataque!

—Pero... —dije, sin aliento ante tanta injusticia— pero...

—¡Ni una palabra más! —dijo la señora Hinojo—. ¡Ve directamente a la oficina del director Barbaverde!

Negué con la cabeza y me arrastré caminando despacio hacia el edificio de la administración. Caminé lo más lentamente que pude.

Si hubiera sabido lo que estaba a punto de descubrir en la oficina del director Barbaverde, habría corrido para llegar antes.

Capítulo 16

La señora Espinosa

Caminé lentamente hacia la oficina y tomé aire, intentando reunir valor antes de entrar en la recepción. No temía al director —era bastante inofensivo—, pero me asustaba la recepcionista, la señora Espinosa. Mientras me sentaba en el banco, sentí que me quemaba su mirada desaprobadora.

La señora Espinosa era temible.

No le gustaba que le hicieran perder el tiempo. Y, en caso de que se te olvidara, había un cartel pegado en el cristal que decía: "NO ME HAGAN PERDER EL TIEMPO".

Si te acercabas a la ventanilla, tenías que explicar qué querías rápidamente y con claridad. El problema es que cuando la señora Espinosa te miraba, su mirada era tan intensa que te quedabas paralizado y olvidabas para qué habías ido.

—¿Sí? —dijo la señora Espinosa, deslizando el cristal de la ventana y mirándome con intensidad. Sus ojos eran como dos rayos láser gemelos que disparaban a mi cerebro y borraban todos mis pensamientos.

—Eeh —tartamudeé—. La se-señora Hinojo...

—¿La señora Hinojo? —dijo la señora Espinosa—. ¿Qué pasa con ella? ¡Apúrate, muchacho! ¡No me hagas perder el tiempo! ¡Dilo de una vez!

—Lo sé... —respondí—. Lo... lo siento, señora Espinosa, yo... yo...

—¡Oh, por favor! —exclamó la señora Espinosa con exasperación—. Déjame adivinar. La señora Hinojo te pilló haciendo algo malo en el patio y te mandó a la oficina del director Barbaverde, ¿es eso?

Asentí.

—Le diré que estás aquí —dijo, mirándome con furia—. Mientras, siéntate en el banco ¡y no te metas en líos!

La señora Espinosa levantó el teléfono y se puso a hablar, sin quitarme los ojos de encima. Me encogí en el banco.

—Te verá ahora —dijo mientras colgaba el teléfono—. ¡Arréglate un poco!

Me levanté, me metí la camisa por dentro del pantalón y llamé a la puerta.

—¡Pase a bordo! —gritó una voz.

47

Capítulo 17

La oficina del director Barbaverde

Entré. Me puse firme y saludé.

El director Barbaverde estaba sentado en su mesa con un pequeño tubo de pegamento en la mano. Delante de él había una maqueta de un galeón español. Lo supe porque el director Barbaverde nos enseñó una unidad entera sobre tipos de barcos. Pronto iba a desear haber prestado más atención.

—Descanse, marinero —dijo el director Barbaverde—. La señora Hinojo me llamó y me dijo que lo había enviado. Siéntese.

Me senté frente a su mesa y miré a mi alrededor. Las paredes de la oficina estaban cubiertas por cuadros de barcos. Detrás del director Barbaverde, sobre la ventana, había una bandera de señales marineras. Sobre un mueble descansaba una caja forrada de terciopelo y cubierta de cristal, dentro de la cual había dos pistolas antiguas.

—¿Sabe lo que es esto, Henry? —preguntó el director Barbaverde mientras encolaba una diminuta figura en el puesto del vigía.

—¿Un barco pirata? —dije.

—Sí —dijo el director Barbaverde—. Pero no uno CUALQUIERA. ¿Sabes CUÁL es?

Examiné el modelo. Tenía tres mástiles y muchas velas. En la punta del mástil más alto había un pequeña bandera negra con una calavera blanca y dos huesos cruzados.

—No, señor —dije—. Todos los barcos piratas me parecen iguales.

El director Barbaverde arqueó sus pobladas cejas negras.

—¡Pues no lo son! —dijo—. ¡Este es el barco de Barbanegra, *La venganza de la reina Ana*! Supongo que habrá oído hablar del pirata Barbanegra, ¿verdad?

—Sí, señor —respondí.

—¿Sabe lo que Barbanegra hacía a los miembros de su tripulación que no seguían sus órdenes?

—No, señor.

—Bueno, entonces déjeme que le cuente —dijo—. Barbanegra les cubría los ojos, les ataba las manos a la espalda y los hacía caminar sobre la plancha colocada en un costado del barco, mientras les pinchaba la espalda con la punta afilada de su espada. Después, cuando llegaban al final de la plancha, ¡caían al mar y se los comían los tiburones hambrientos! ¿Qué le parece, Henry?

—No suena muy bien, señor.

49

—¡No suena nada bien! —dijo el director Barbaverde, apartando con cuidado la maqueta a un lado para poder inclinarse hacia mí, mientras me perforaba con una terrible mirada—. Así que si usted fuera un miembro de la tripulación de Barbanegra, intentaría portarse bien y no meterse en líos, ¿no cree, Henry?

—Sí, director Barbaverde.

—A no ser que quiera que le venden los ojos, le pinchen la espalda con una espada afilada, lo hagan caminar por la plancha y se lo coman vivo los tiburones. No quiere que se lo coman vivo los tiburones, ¿verdad, Henry?

Pensé que era una pregunta innecesaria, pero el director Barbaverde parecía esperar una respuesta.

—No, señor —dije mientras comprobaba si en la oficina había una pecera llena de tiburones hambrientos con una plancha colocada encima. No me hubiera sorprendido.

—Sabe, Henry —dijo el director Barbaverde—, ¡estoy al mando de una difícil embarcación! ¡Y es mi obligación proteger este barco y a todos los que en él navegan de los peligros, ya vengan del exterior o del mismo barco!

—¡Sí, director Barbaverde! —dije.

—¡Necesito que mi tripulación permanezca unida! —dijo, siguiendo con su tema—. ¡Todas las manos a cubierta!

—Sí, director Barbaverde.

—Tenemos ante nosotros una gran aventura, Henry. ¡No la estropeemos peleando entre nosotros como perros con escorbuto!

—No, señor—. No sabía exactamente a qué se refería con "perros con escorbuto". Quizás se refería a Ladrón. Ladrón es el perro callejero que siempre merodea por la escuela y roba el almuerzo de los casilleros si no están bien cerrados.

—La señora Hinojo dice que usted atacó a Fred Durkin —dijo el director Barbaverde—. ¿Cuál es su defensa?

—No ataqué a Fred —dije—. Al menos, no a propósito.

—¿Cómo se puede atacar a alguien por accidente? —preguntó el director Barbaverde.

Le conté todo. Le conté que el señor Sesoalegre había propuesto un problema sobre un hombre y un lobo y una cabra y una col y había ofrecido una paleta de caramelo como premio y le expliqué cuánto me gustan a mí las paletas de caramelos y cuánto quería ganar esa paleta de caramelo y cómo usé las bolitas de papel para resolver el problema y que finalmente gané la paleta de caramelo y lo contento y emocionado que estaba por haber ganado la paleta de caramelo y cómo estaba deseando comerme la paleta de caramelo y cómo me enfadé cuando Fred me la quitó de la mano y cómo había intentado quitársela de nuevo pero había tropezado y me había caído encima.

—¡Paren las máquinas, Henry, muchacho! —dijo el director Barbaverde, mientras se le humedecían los ojos—. Vaya historia. Imagino cómo debe sentirse. Es horrible cuando alguien te roba algo precioso.

—Sí —asentí—, lo es.

—Yo lo sé, Henry. Sé exactamente cómo se siente porque yo fui una vez víctima de un robo terrible.

—¿De verdad, señor?

—Sí —dijo—. Cuando tenía su edad, en esta misma escuela, ¡mis amigos y yo solíamos jugar a que éramos piratas! ¿Se imagina, Henry? ¡Piratas! Cuesta creerlo, ¿verdad?

Allí sentado, rodeado de maquetas de barcos, banderas y pistolas antiguas no costaba creerlo en absoluto, pero de todas formas asentí.

—Sí, señor.

—Pasábamos la hora del almuerzo navegando por el patio en un barco pirata imaginario —continuó el director Barbaverde—. Incluso teníamos un cofre del tesoro, que enterramos en Isla Calavera.

—¿Un tesoro enterrado? —dije. Ahora sí había conseguido toda mi atención.

—Sí —dijo el director Barbaverde—. Llenamos el cofre con las cosas más valiosas que compramos, pedimos prestadas, suplicamos para que nos dieran e incluso —me avergüenza admitirlo—, robamos. Era

52

un tesoro sin igual, Henry, muchacho, ¡SIN IGUAL!
Lo enterramos en Isla Calavera... y nunca lo volvimos
a ver.

—¿Qué ocurrió? —pregunté—. ¿Perdieron el
mapa?

—No —dijo el director Barbaverde, mientras
se le humedecían los ojos—, no perdimos el mapa.
Desenterramos el cofre una semana después, y allí
estaba, justo donde lo habíamos enterrado. ¡Pero
estaba completamente vacío, solo había una nota!

—¿Qué decía la nota?

El director Barbaverde respiró hondo. Extendió
el brazo y abrió la tapa de una vieja caja de madera.
Luego sacó un pedazo de papel. Lo desdobló y empezó
a leer.

"Busca en la escuela, por todo su mar,
parado o agachado, hasta no poder más.
Da igual cómo busques, jamás lo tendrás.
Los piratas de Barbaverde son una calamidad.
Cava mil y una noches y vuelve a cavar,
pero solo en tus sueños lo encontrarás.
Deberás reconocer mi superioridad:
Tu barco de piratas es una calamidad".

El director Barbaverde dejó el papel sobre la
mesa.

—¿Qué hicieron entonces? —pregunté.

—Lo buscamos. Era un desafío. Buscamos y cavamos cada pulgada de la escuela.

—¿Pero no lo encontraron?

—No —dijo el director Barbaverde—. Nunca volvimos a ver el tesoro.

—¿Quién cree que lo robó? —pregunté.

—Claramente se trataba de un pirata rival, pero nunca descubrimos quién —respondió—. Nuestro tesoro pirata fue robado ¡por un pirata! Después de eso ya no volvimos a jugar a los piratas. Ya no era divertido. En lo que a mí respecta, Henry, piratería es sinónimo de robo.

—¡Guau! —dije, tratando de asimilarlo todo—. ¿Y dónde estaba Isla Calavera exactamente?

—Así llamábamos al montículo que hay junto al campo de deportes —dijo—, pero eso no importa...

—¿Y el tesoro aún está enterrado en algún lugar de la escuela? —pregunté.

—Por lo que yo sé, sí —dijo con tristeza el director Barbaverde—, pero los detalles no importan. Solo sé que jamás volveré a ver ese tesoro. Te juro, Henry, que ¡odio tanto a los piratas! Juré que cuando creciera me convertiría en el director de la escuela y usaría mi poder para declarar ilegal la piratería y procuraría que ningún estudiante tuviera que sufrir una pérdida y una desilusión como esa.

—¿Y está SEGURO de que lo volvieron a enterrar? —pregunté.

—Tan seguro como cualquier hombre puede estarlo en este globo lleno de agua —dijo—. Pero eso no importa ahora. Lo que importa es que tenemos que dejar atrás las cosas infantiles y trabajar juntos para que la piratería no asome de nuevo su fea cabeza en la escuela Central Noroeste Sureste.

El director Barbaverde siguió hablando un rato sobre responsabilidad, madurez y perros con escorbuto, pero la verdad, no podía concentrarme. Estaba demasiado ocupado memorizando la nota y pensando en el tesoro perdido.

Y pensando también en cómo yo, Henry MacTrote, iba a encontrarlo.

Capítulo 18

¡Tesoro!

Mientras salía de la oficina del director Barbaverde, me pareció que volvía a un mundo diferente del que dejé. El piso parecía más brillante que antes. Los trofeos y los escudos deportivos relucían como si los acabaran de limpiar. La señora Espinosa parecía más amable, casi *agradable*.

—¡Cierre la puerta al salir, pequeño alborotador! —gruñó.

Bueno, dije *casi* agradable.

Cerré la puerta y bajé los escalones. Todavía me sentía triste por haber perdido la paleta de caramelo, pero al mismo tiempo estaba emocionado ante la posibilidad de encontrar un tesoro enterrado.

Jenny, Gretel y Newton estaban sentados bajo los árboles en el lado más alejado de la cancha de baloncesto. Me esperaban mientras Jack dibujaba nuevas rayas en la cancha con un pedazo de tiza para despistar a los jugadores de baloncesto. Ese era uno de sus pasatiempos favoritos.

—¿Estás bien, Henry? —dijo Jenny—. ¡Oímos que te enviaron a la oficina de Barbaverde!

—¿Qué hiciste? —susurró Newton.

—No hice nada —dije—. Clive y Fred empezaron a pelear conmigo y la señora Hinojo nos vio y me echó la culpa.

—¡Típico! —dijo Gretel, mientras golpeaba un puño contra la palma de su otra mano—. ¡Tendría que darle un puñetazo a ese Fred Durkin en la boca!

—¡Yo también! —dijo Jack, que ya había terminado de molestar a los jugadores de baloncesto—. Y yo podría ir contigo para ayudarte... pero es que mi mano está cansada de tanto dibujar y...

—¡No! —dije—. ¡No quiero que nadie le dé puñetazos en la boca a nadie! Verán, Fred y Clive no lo saben, ¡pero me hicieron un favor!

—¿Cómo? —dijo Gretel.

—¡En la oficina de Barbaverde descubrí la cosa más asombrosa!

—¿Que la barba de Barbaverde es falsa? —dijo Gretel—. ¡Lo sabía!

—No, eso no —dije—. ¡Algo mejor!

—¿Que lleva peluca? —dijo Jenny.

—No —dije—. ¡Mejor todavía!

—¿Viste los planos secretos para derribar la escuela y levantar en su lugar un parque de diversiones? —dijo Jack.

—No —respondí— ¡Mucho mejor todavía!

57

—Imposible —dijo Jack—. ¿Qué podría ser mejor que planear derribar la escuela y construir un parque de diversiones?

—¡Un tesoro enterrado! —dije.

—¿Un tesoro enterrado? —exclamó Newton boquiabierto—. ¿Dónde?

—En Isla Calavera —respondí.

—¿Isla Calavera? —dijo Jack—. ¿No es ahí donde vive King Kong? ¿En el sur del Pacífico?

—No —dije—. Eso es solo en la película.

Señalé al pequeño y redondeado montículo en el medio del patio.

—Nuestra Isla Calavera está allá.

—Eso no es una isla —dijo Jack—. Es solo un estúpido y viejo montículo.

—Quizás lo sea para ti —repliqué—, pero así es como el director Barbaverde y sus amigos lo veían cuando venían a esta escuela. Solían jugar a los piratas y ese montículo era su refugio. Lo llamaban Isla Calavera. Un día enterraron un cofre con un tesoro, pero cuando volvieron a buscarlo solo encontraron el cofre vacío y una nota.

—¿Una nota? —dijo Jenny—. ¿Y qué decía?

Cerré los ojos y empecé a recitar el poema que había memorizado en la oficina del director Barbaverde.

"Busca en la escuela, por todo su mar,
parado o agachado, hasta no poder más.

Da igual cómo busques, jamás lo tendrás.
Los piratas de Barbaverde son una calamidad.
Cava mil y una noches y vuelve a cavar,
pero solo en tus sueños lo encontrarás.
Deberás reconocer mi superioridad:
Tu barco de piratas es una calamidad".

—El director Barbaverde y sus amigos buscaron y buscaron pero nunca lo encontraron. Todavía está enterrado en algún lugar de la escuela.

—¡Guau! —dijo Newton—. ¿De qué crees que será el tesoro?

—¡Probablemente oro! —dijo Jack—. ¡Y también rubíes, esmeraldas y diamantes!

—¡Pulseras! —dijo Jenny—. ¡Collares de perlas! ¡Anillos!

—No olviden las dagas y las copas de metal con piedras preciosas incrustadas —dijo Gretel—. A los piratas les encantan las dagas y las copas de metal con piedras preciosas incrustadas.

—Y monedas de reales —dijo Newton—. Montones y montones de monedas de reales.

—¿Qué son reales? —preguntó Jack.

—No lo sé —dijo Newton—. Pero seguro que hay montones.

—Hay algo seguro —dije—, haya lo que haya en ese cofre, ya será muy viejo y las cosas viejas valen un MONTÓN de dinero.

—Es verdad —dijo Jenny—. Mi tío encontró una moneda muy vieja y resultó que valía DOS MIL DÓLARES.

—¡Dos mil dólares! —dijo Jack—. ¡Y solo UNA moneda! ¿Creen que en el tesoro de Barbaverde hay monedas?

—No lo dijo —respondí—, pero yo diría que es bastante probable, pues a los piratas les encantan las monedas.

—Es MUY probable, diría yo —añadió Gretel—. Y seguramente hay más de una moneda rara. Seguramente MILES.

—¡Cientos de miles! —dijo Newton.

—¡Quizás incluso millones! —dijo Jenny.

—No se dejen llevar por la imaginación —dije, pero ya era demasiado tarde. Ya se habían dejado llevar.

—¿Se imaginan lo divertido que sería tener un millón de dólares? —dijo Jack.

—¡Podrías organizar una enorme fiesta para todos tus amigos! —dijo Jenny.

—¡Sí, señor! ¿Puedo ir?—. Gretel dio un puñetazo al aire y aulló.

—Eres mi amiga, ¿no? —respondió Jenny.

—Claro que sí —dijo Gretel.

—¡Entonces estás invitada!

—¡Pero TODO EL MUNDO es amigo tuyo! —dije—. ¡Tendrás que invitar a toda la escuela!

60

—No veo que eso sea un problema —dijo Jenny—. ¡Tenemos un millón de dólares... por lo menos!

—¿Y qué pasa con Clive Durkin? —dijo Jack—. ¿Lo invitarás a él?

—Sí —dijo Jenny.

—¡Pero no es amigo tuyo! —dijo Jack.

—Sí lo es —dijo Jenny—. Lo que pasa es que él no lo sabe todavía. Y tendría que invitarlo de todas formas porque si no, se lo diría a su hermano y a su hermano no le gustaría.

—Bien pensado —dijo Gretel.

Newton se agitaba, incómodo.

—¿Qué ocurre, Newton? —dijo Jenny.

—No quiero ser rico —respondió.

—¿Por qué no?

—Todo ese dinero... —dijo Newton—. ¿Cómo podría guardarlo?

—Lo guardarías en un banco, claro —dijo Jack.

—¿Cómo sabes que en el banco estaría seguro? —dijo Newton.

—Porque eso es lo que hacen los bancos —dijo Jack—. Guardan el dinero para que esté seguro.

—¿Y qué pasa con los ladrones de bancos? —dijo Newton—. Eso es lo que hacen. ¡Roban bancos!

—Tranquilízate, Newton —dijo Jack—. ¡Ni siquiera tenemos el dinero y ya te preocupa que nos lo roben!

—Sí, Jack tiene razón —dije—. Aún no encontramos el tesoro. Necesitamos un plan.

—¡Yo digo que empecemos a buscarlo ya! —dijo Gretel.

—¡Buen plan, Gretel! —dijo Jenny.

—Pero ¿y si alguien nos ve? —dijo Jack.

—¡Buena observación, Jack! —dijo Jenny.

—Bueno, diremos que NO estamos buscando un tesoro —dijo Newton.

—¡Gran idea, Newton! —dijo Jenny.

—Newton tiene razón —dije—. Es importante que no se lo digamos a nadie. Es nuestro secreto. No será nuestro tesoro hasta que lo encontremos. Repitan el juramento después de mí: "Lo juro por mi honor, y si no, que me muera o me clave una aguja en el ojo que me cause mucho dolor".

Todo el mundo repitió el juramento, excepto Newton, que se asustó un poco con la parte de la aguja.

—¿Una aguja? ¡Yo no quiero pincharme con una aguja en el ojo! —dijo.

—¡Bueno, pues no cuentes nada del tesoro y no tendrás que hacerlo! —dijo Jack.

—Pero ¿y si hablo por accidente? —dijo Newton—. ¿Y si digo algo sobre el tesoro mientras duermo?

—¿Hablas en sueños? —dijo Jenny.

—No lo sé —dijo Newton—. Estoy dormido.

—Entonces no te preocupes —dijo Jenny—. Estoy segura de que no tendrás que pincharte con una aguja en ese caso, ¿verdad, Henry?

—No, está bien —respondí.

Sonó el timbre que anunciaba el fin del almuerzo.

—Empezaremos a buscar mañana —dije—. Y recuerden, este es nuestro secreto. Ni una palabra a nadie.

Capítulo 19

Hacer historia

—Buenos días a todos —dijo el señor Sesoalegre alegremente.

—Buenos días, señor Sesoalegre —respondimos a coro.

—Y ya lo creo que es un buen día —dijo el señor Sesoalegre—. Un día particularmente bueno para estudiar historia.

Toda la clase dejó escapar un gemido.

Matemáticas era malo, pero historia era peor aun. Estábamos estudiando la historia de la Antigua Roma: *aburrimientus máximus*.

Había intentado hacerla más animada creando una maqueta del volcán que erupcionó y destruyó la ciudad de Pompeya, pero no funcionó como yo había planeado.

Hice el volcán con arcilla. Dejé el centro hueco y, para hacer llamas y humo reales, metí dentro papel de periódico. Lo prendí con un fósforo durante mi presentación en clase, y ya lo creo que salió humo y fuego de verdad.

De hecho, salió tanto humo y tanto fuego que sonó la alarma antiincendios y tuvimos que evacuar la clase hasta que llegaron los bomberos y comprobaron que no había peligro.

Después de eso, la señora Tizarrón ya no me dejó hacer más maquetas de volcanes, así que perdí todo el interés por la historia. Y yo no era el único.

—Que levante la mano todo aquel al que no le guste la historia —dijo el señor Sesoalegre.

Todo el mundo levantó la mano.

Bueno, todo el mundo excepto Fiona MacSeso, pero eso era predecible. A Fiona MacSeso le interesaba prácticamente todo. Igual que a mí, la verdad, solo que a mí me interesan las cosas INTERESANTES, mientras que a ella también le interesan las cosas aburridas.

—Muy bien —dijo el señor Sesoalegre—. Parece que somos minoría, Fiona. ¿Quién puede decirme qué tiene de malo la historia?

—Es aburrida —dijo Jack—. Trata de personas aburridas que vivieron hace miles de años y que no tienen nada que ver con nosotros.

—En eso te equivocas —dijo el señor Sesoalegre—. ¡Tienen TODO que ver con nosotros! La historia no es solo lo que ocurrió hace miles de años. ¡Está pasando todo el tiempo!

—¿Cómo puede ser? —dijo Jack.

—A ver, ¿qué tomaste para desayunar? —dijo el señor Sesoalegre.

—Eh... cereales —dijo Jack.

—¡ESO es historia! —dijo el señor Sesoalegre.

—No es verdad —rebatió Jack—. Fue solo un tazón de cereales.

—Pero es historia —dijo el señor Sesoalegre—. Es algo que ocurrió en el pasado y tú no eres una persona aburrida que vivió hace miles de años.

—Guau —dijo Jack—. Así que esta mañana hice historia.

—Y no solo Jack —dijo el señor Sesoalegre—. Todos hicimos historia hoy. De hecho, estamos haciendo historia todo el tiempo. No podríamos dejar de hacer historia aunque quisiéramos, porque el solo hecho de intentar dejar de hacer historia sería historia que estaríamos intentando no hacer.

El señor Sesoalegre se detuvo sin aliento, emocionado por su discurso sobre hacer historia.

—Y no solo esta mañana —dijo—. Sus vidas están llenas de momentos históricos, momentos que antes nunca existieron sobre la Tierra de la misma manera y que nunca volverán a existir.

—Así que cuando me corté el dedo con el cuchillo del pan esta mañana, ¿eso era historia? —preguntó Jenny.

—Sí —dijo el señor Sesoalegre—. ¡Historia! ¿Quién tiene un momento histórico que quiera contarnos?

—¡Cuando mi papá me estaba ayudando con mi nuevo experimento químico y volamos el techo de su taller! —dijo Grant.

Toda la clase se echó a reír.

—¡Historia otra vez!

Pensé en el director Barbaverde cuando era un niño, escondiendo su tesoro. Eso también era historia.

—¿Nos examinará sobre esto, señor? —dijo Fiona, que tomaba notas enérgicamente, por si acaso.

—¿Quién puede decir qué ocurrirá a continuación? —dijo el señor Sesoalegre—. ¡Yo no, pero estoy deseando saberlo! ¿Alguien más tiene un momento histórico que contar?

—Cuando había una araña en mi cuarto y mi mamá se paró sobre una silla para intentar atraparla con un vaso pero una de sus patas era demasiado larga y se cortó y cayó a la alfombra y se ESPACHURRÓ —dijo Newton.

Toda la clase gimió de asco.

—Cuando usted se cayó por la ventana ayer, durante nuestra lección sobre cómo respirar —dije.

—¡Eso es lo que yo llamo historia! —dijo el señor Sesoalegre—. ¿Quién sabe? Dentro de dos mil años los estudiantes quizás estudien mi caída por la ventana como parte de su clase de historia. ¡Quizás incluso realicen una reconstrucción!

—¡Chévere! —dijo Jack—. ¡Me encantan las reconstrucciones!

—¡A mí también! —dijo Gretel.

—¡Y a mí! —dijo Fiona—, siempre que sean históricamente correctas y no solo una excusa para disfrazarse y divertirse.

—La VIDA es una excusa para disfrazarse y divertirse, Fiona —dijo el señor Sesoalegre—. Oigan, tengo una idea genial. ¿Por qué no hacemos una reconstrucción de la caída de ayer ahora mismo? Nuestra ropa es históricamente correcta. ¡Será como viajar en una máquina del tiempo!

—No creo que sea buena idea —dijo David—. Ayer estuvo a punto de herirse gravemente.

—Pero no pasó nada, ¿verdad? —dijo el señor Sesoalegre—, gracias al buen juicio de la clase. Muy bien, ¿dónde estábamos?

—Estaba al lado de la ventana —dijo Fiona, leyendo sus notas.

—¿Aquí? —dijo el señor Sesoalegre.

—Un poco más a la izquierda —dijo Fiona.

—¿Así?—. El señor Sesoalegre se movió a la izquierda.

—Sí —dijo Fiona—. Y entonces dijo: "aunque no entiendo por qué simplemente respirar no es suficiente diversión para ti. A mí me encanta respirar. ¡Cuánto más aire fresco, mejor!". Después, asomó la mitad superior de su cuerpo por la ventana.

68

—¿Así? —dijo el señor Sesoalegre, asomando por la ventana la mitad de su cuerpo.

—Sí —dijo Fiona—, así. Y entonces dijo: "¡Inspiren! ¡Así!", y... y... ¿señor Sesoalegre?

Pero el señor Sesoalegre no respondió. Y tenía un buen motivo. ¡Acababa de caerse por la ventana... otra vez!

Capítulo 20

Deja-vu

Por un momento, la clase se quedó en silencio.

Y entonces se produjo un enorme alboroto.

Newton chilló.

—*¡Deja-vu!* —exclamó Jack.

—Ya lo creo —dije.

—*¡Deja-vu!* —repitió Jack.

—Deja de decir tonterías —dijo Jenny—. ¡Esto no es una broma!

Corrimos a la ventana.

Las puntas de los zapatos del señor Sesoalegre estaban exactamente en el mismo lugar que el día anterior.

Lo agarré por el tobillo izquierdo.

—¡Gretel! —grité—. ¡Agarra su otra pierna! David, rodea mi cintura con tus brazos. ¡Todo el mundo, colóquense en sus posiciones, exactamente igual que ayer!

—¡Le dije que esto podía pasar! —dijo David.

—¡Eso no cambia el hecho de que haya pasado! —dije.

—Pero le AVISÉ —dijo David.

—Ya, pero dame la mano, ¿quieres? —grité—.
¡Esto es importante!

—No —gritó el señor Sesoalegre—. ¡Esto es
historia!

Jalé la pierna del señor Sesoalegre mientras
esperaba que el resto de la clase se colocara en su
posición.

Parecía más pesado que ayer.

Jalé con más fuerza.

Pero lo estaba perdiendo.

En lugar de jalarlo hacia la clase, ¡él me sacaba a
mí por la ventana!

—¡Gretel! —dije—. ¡Ayúdame!

—¡Lo estoy intentando! —dijo, pero vi que a ella
le estaba pasando lo mismo.

Lenta, pero inevitablemente, estábamos AMBOS
siendo arrastrados fuera de la ventana... y de
repente ya no estábamos con medio cuerpo fuera de
la ventana... ¡¡¡estábamos completamente fuera de la
ventana!!!

Me encontraba cabeza abajo, con la cara contra la
pared, colgando del alfeizar de la ventana, sujeto solo
por las puntas de los zapatos.

Gretel estaba a mi lado, en la misma posición.

Ambos sujetábamos todavía las piernas del señor
Sesoalegre.

Y entonces el señor Sesoalegre se echó a reír.

A ver, a mí me gusta el señor Sesoalegre.

Me gusta mucho.

Pero empezaba a preocuparme seriamente su salud mental.

—¿Se siente bien, señor Sesoalegre?

—¡Nunca estuve mejor! —dijo.

Y entonces ocurrió algo muy extraño.

Gretel y yo también empezamos a reírnos.

Quiero decir, no me malinterpretes, era una situación aterradora, pero su risa era contagiosa.

Mientras tanto, por encima de nosotros, oía al resto de la clase discutiendo qué hacer.

—Le avisé —decía David—, ¡les avisé a todos!

—¡Deja de comportarte como un sabelotodo! —dijo Fiona.

—¡Mira quién habla! —respondió David.

—No creo que discutir nos ayude —dijo Jenny—. Deberíamos trabajar juntos para ayudarlos.

—¡Guau! —dijo Jack—. ¡Esta es la mejor lección de historia que tuve jamás!

—¡Oigan! —grité entre risas—. Si no es mucho pedir, ¿podría alguien HACER algo?

—¿Qué sugieres? —gritó David—. ¡Son demasiado pesados!

—¿Y si buscan una cámara de video y nos graban para el programa de la tele de videos caseros chistosos? —dijo Gretel.

—¡No hace falta ser irónico! —dijo David.

—No estaba siendo irónica —dijo Gretel—. Me encanta el programa de los videos caseros chistosos y siempre quise salir en él.

—¡Busquen una escalera! ¡Llamen a los bomberos! ¡No me importa lo que hagan! ¡Consigan que Grant se ponga sus botas voladoras!

—Aún no están probadas —dijo Grant—. Sería demasiado peligroso.

—No más peligroso que la situación en la que nos encontramos —dije.

—Entonces, ¿por qué te ríes tanto? —dijo Jenny.

—No lo sé —dije—. ¿Por qué nos reímos, señor Sesoalegre?

—¿Y por qué no? —dijo el señor Sesoalegre—. ¡Ya que estamos en esta situación, podemos aprovechar para divertirnos!

—¡Pero podríamos morir! —dijo Gretel.

—¡Un motivo más para divertirnos mientras podamos! —dijo el señor Sesoalegre. Y entonces se cayó.

Capítulo 21

El señor Espada

Caímos, caímos y caímos.

Caímos durante un buen rato, o eso nos pareció, pero ahora me doy cuenta de que apenas debió de pasar un segundo hasta que aterrizamos, los tres, de cabeza en un macizo de flores del jardín.

Fui el primero que sacó la cabeza de la tierra blanda.

El hecho de que los tres hubiéramos caído de cabeza en el macizo de flores no pasó desapercibido al jardinero.

—¡FUERA DE MI JARDÍN! —chilló el señor Espada desde el otro extremo del campo de deportes.

Vino corriendo hacia nosotros con un rastrillo en la mano.

Saqué a Gretel de la tierra.

—¡Rápido, Gretel! ¡Tenemos que irnos! ¡Ayúdame a sacar al señor Sesoalegre! —dije.

La cabeza del señor Sesoalegre estaba todavía firmemente plantada en la tierra.

Jalamos de él.

El señor Sesoalegre se sacudió la tierra de la cabeza. Parecía un poco mareado, pero bien.

El señor Espada se acercaba.

—¡Corran! —dijo Gretel.

Ahora ya nadie reía.

Estar colgando cabeza abajo de una ventana en la segunda planta podía tener un lado chistoso, pero no había nada chistoso en el rastrillo que sostenía el señor Espada.

Por suerte, éramos los corredores más rápidos.

Logramos rodear el edificio y subir la escalera que llevaba al pasillo, antes de que pudiera atraparnos.

Entramos en el salón de clases y recibimos una enorme aclamación del resto de la clase.

—¡No puedo creer que sigan vivos! —dijo Jenny mientras me abrazaba.

—¡Yo tampoco! —dije.

De repente, se oyó un grito en el pasillo.

La puerta se abrió de golpe.

Esta vez no se trataba de la señora Hinojo.

Era peor.

¡Era el señor Espada!

—¿Qué pretendían destrozando mi macizo de flores? —gritó.

—¡No pudimos evitarlo! —dijo el señor Sesoalegre—. Nos caímos por la ventana y, bueno, ¡no había otro lugar donde aterrizar!

—¿Se cayeron por la ventana? —gruñó el señor Espada, moviendo la cabeza con incredulidad—. ¿Cómo demonios se caen tres personas por la ventana de un salón de clases?

—Era una reconstrucción histórica —empecé a explicar—. Verá...

—¿Qué son todos estos gritos? —dijo la señora Hinojo, que en ese momento entró en el salón—. ¡Intento dar clase!

—Oh, hola señora Hinojo —dijo el señor Sesoalegre—. Tuvimos un pequeño accidente.

—¡Se cayeron por la ventana! —dijo el señor Espada—. Justo en el macizo de flores que acababa de plantar.

—Pero ¿no se cayeron también ayer por la ventana? —dijo la señora Hinojo.

—Sí —dijo el señor Sesoalegre—. Como decía, fue un pequeño accidente. Puede pasarle a cualquiera.

—UNA vez es un accidente —dijo la señora Hinojo—. ¡DOS veces es pura estupidez! En todo el tiempo que llevo en la escuela Central Noroeste Sureste nunca había oído una clase tan ruidosa como esta. ¡Nunca!

El señor Sesoalegre mostraba una enorme sonrisa.

—¿Escucharon eso, 5C? —dijo—. ¡Recién hicimos historia... otra vez!

—Usted sí que será historia, joven, como no consiga mantener en silencio a esta clase —dijo la señora Hinojo—. Recuerde mis palabras.

Y después de decir eso, salió cerrando la puerta de un portazo.

El señor Sesoalegre se volvió hacia nosotros, nos guiñó un ojo y dijo:

—¡Creo que le gusto!

—Pues yo creo que no —dijo el señor Espada, apuntando el rastrillo hacia el señor Sesoalegre y luego hacia nosotros—. Y a mí tampoco me gusta. Manténganse alejados de mi jardín.

Todos asentimos.

El señor Espada se marchó pisando fuerte por el pasillo.

—Bueno, Jack —dijo el señor Sesoalegre—, la historia no es tan aburrida como pensabas, ¿verdad?

—¡No, señor! —dijo Jack sonriendo.

Capítulo 22

La importante lección número 2 del señor Sesoalegre

La historia no es tan aburrida como piensas.

Capítulo 23

Isla Calavera

Disfruté esa lección.

Disfruté esa lección muchísimo.

A pesar de que estuve a punto de morir, disfruté esa lección más que ninguna otra.

El señor Sesoalegre no solo era un gran maestro de historia, también era un gran maestro de reconstrucciones.

Pero cuando el timbre del almuerzo sonó, Jack, Gretel, Jenny, Newton y yo salimos corriendo por la puerta. A ninguno de nosotros nos importaba el almuerzo, queríamos empezar a buscar el tesoro enterrado.

Bajamos la escalera, salimos al patio y allí nos quedamos, parpadeando bajo la deslumbrante luz del sol.

—Bueno, Henry —dijo Jack—, ¿por dónde empezamos?

—Excelente pregunta, Jack —dije.

—¿Cuál es la respuesta? —dijo.

—No tengo ni idea —admití.

—Tendremos que separarnos —dijo Gretel—. Henry, tú busca por el campo de deporte. Jenny, tú las canchas de baloncesto. Jack puede ir a la zona de juegos de los pequeños, incluyendo el arenero. Newton, a ti te tocan los macizos de flores.

—¿Los macizos de flores? —dijo Newton con horror—. Pero ¿y qué pasa con el señor Espada?

—¿Qué pasa con él? —dijo Gretel.

—¡Me matará si me encuentra excavando en los macizos de flores!

—Tienes razón —dijo Gretel—. Dejaremos los macizos de flores para el final. Mientras, tú puedes ayudarme con la parte delantera de la escuela. Nos reuniremos aquí dentro de quince minutos. ¿De acuerdo?

Todos asentimos y nos fuimos a nuestras zonas de búsqueda.

Quince minutos después, estábamos todos en el mismo lugar, guiñando los ojos bajo la deslumbrante luz del sol.

—¿Y bien? —dijo Jack—. ¿Alguien encontró algo?

Negué con la cabeza. Jenny negó con la cabeza. Gretel y Newton negaron con la cabeza.

—Yo tampoco —dijo Jack—. Y ahora, ¿qué?

—¿Los macizos de flores? —sugirió Jenny.

—No —dijo Newton—. Demasiado peligroso.

—Olviden los macizos de flores —dije—. Si estuviera allí, el señor Espada ya lo habría encontrado. ¿Por qué no subimos a la cima de Isla Calavera y miramos alrededor? Desde allí se ve toda la escuela. Quizás eso nos dé la clave.

—Excelente idea, Henry —dijo Jenny—. Vamos.

Subimos a la cima de Isla Calavera y miramos alrededor. No solo podíamos ver claramente toda la escuela en todas direcciones, también veíamos directamente la clase de la señora Hinojo.

Estaba escribiendo muy atareada en el pizarrón.

—¿Es que no sabe que es la hora del almuerzo? —dije.

—Seguro que sí —dijo Jenny—. Está escribiendo oraciones para los niños que castigó sin recreo.

Jenny tenía razón. En la parte de atrás de la clase había cinco niños, todos con aspecto desdichado.

En ese momento, Fred Durkin entró en la clase y le dio a la señora Hinojo una bolsa de almuerzo. Ella le sonrió, puso la bolsa sobre la mesa y se volvió hacia el pizarrón. Fred miró hacia arriba y nos vio. Nos sacó la lengua y luego salió del salón.

—Mírenlo, adulando a la maestra —dijo Jack—, llevándole el almuerzo mientras ella tiene castigados a esos pobres niños.

—Es algo que te pone enfermo, ¿verdad? —dijo Gretel—. Es un hipócrita.

—Olvídense de Fred —dijo Jenny—. Volvamos a la búsqueda del tesoro. ¿Alguien ve algún sitio donde podría estar enterrado?

—Si pudiéramos VERLO ya lo habrían encontrado —apuntó Jack.

—¿Mencionó el director Barbaverde algún mapa? —preguntó Gretel.

—No hay ningún mapa —respondí—. Quien sacó el tesoro y lo volvió a enterrar no quería que nadie lo descubriera. Y el director Barbaverde es bastante viejo. Debe de llevar enterrado por lo menos setenta años... ¡o más!

La tierra estaba dura. La golpeé con la punta de mi zapato. Me dolió.

—¡Ay! —dije.

—Tan cerca y tan lejos —suspiró Jenny.

—No me extraña que no lo encontraran de nuevo —dijo Jack—. Es imposible.

—No se den por vencidos —dije—. ¿Recuerdan lo que dijo el señor Sesoalegre? Podemos hacer historia, pero no lo lograremos si nos damos por vencidos.

—Quizás "darnos por vencidos" es la historia que haremos —dijo Jack—. ¿Se te ocurrió pensar eso?

—No —dije—, porque no pienso darme por vencido.

—Entonces, ¿cómo lo encontrarás? —dijo Jack.

—Tenemos que pensar como piratas —dije—, ponernos en sus zapatos.

—Si fuéramos piratas, ¿no llevaríamos botas? —dijo Newton.

—Sí, bien dicho, Newton —dijo Jenny.

—Gracias, Jenny —dijo Newton, con una sonrisa radiante.

—Muy bien, muy bien —dije—, supongan que son unos piratas que están aquí con las BOTAS puestas y un enorme tesoro. ¿Dónde lo enterrarían?

—En primer lugar, yo no lo enterraría —dijo Gretel—. Me lo gastaría.

—Pero ¿y si no lo pudieras gastar? —dije.

—Lo enterraría —dijo Gretel.

—Está bien —dije—, ahora sí vamos a alguna parte. ¿Dónde lo enterrarías?

—En el jardín de mi casa —dijo.

—¡Pero eres un pirata! —dije—. ¡No tienes jardín! Vives en un barco.

—Entonces no quiero ser pirata —dijo Gretel—. Me encanta mi jardín. Y odio los barcos.

Negué con la cabeza.

Eso no nos llevaba más cerca del tesoro. Pensé en la nota. *"Cava mil y una noches... Cava mil y una noches... Cava mil y una noches..."* Había algo en esas palabras que me resultaba muy familiar, pero no caía.

—¿Estás bien, Henry? —dijo Jenny.

—Sí, es que estaba pensando en la nota. Decía *"Cava mil y una noches..."* ¿Qué significa para ti?

—Muchísimo tiempo —dijo Jack.

—Eso es —dije—, pero es una manera un poco rara de decirlo, ¿no?

—Supongo que sí —dijo Jenny—, pero es una rima.

Y entonces recordé.

—¡Es también el nombre de un libro muy famoso, *Las mil y una noches!* —dije.

—¿Y? —dijo Jack.

—¡Necesitamos ese libro! —dije.

Capítulo 24

El señor Chistón

Afortunadamente, después del almuerzo teníamos biblioteca. Desafortunadamente, antes teníamos que escuchar el discurso habitual del señor Chistón.

El señor Chistón era el bibliotecario.

El señor Chistón adoraba la biblioteca.

El señor Chistón adoraba los libros.

El señor Chistón adoraba el silencio.

El problema del señor Chistón era que NO le gustaba que vinieran los niños a su biblioteca a desordenar los libros o a perturbar el silencio.

Lo sabíamos porque él mismo nos lo decía cada vez que íbamos a la biblioteca. Y ese día no fue una excepción.

—Están aquí para buscar un libro y leerlo —dijo mientras esperábamos parados en fila afuera de la biblioteca—. No están aquí para susurrar. No están aquí para hablar. No están aquí para reírse. No están aquí para gritar. No están aquí para reclinarse en la silla, hacer dibujos ni mirar por la ventana. ¿Entendido?

—Sí, señor Chistón —dijimos todos.

Pero el señor Chistón aún no había terminado.

—Están aquí para LEER libros —continuó—, no están aquí para pasar las páginas a toda velocidad. No están aquí para DOBLAR las esquinas de las páginas. No están aquí para BOTAR los libros, LANZARLOS o ESCRIBIR en ellos. ¿Está claro?

—Sí, señor Chistón —dijimos todos.

—Y si toman prestado un libro —dijo—. ¡Tienen que cuidarlo! Deben tenerlo guardado en su mochila todo el tiempo...

—¿También mientras estamos leyendo? —dijo Jack.

—EXCEPTO mientras están leyendo, niño estúpido —dijo el señor Chistón, mirándolo exasperado—. No pueden comer ni beber mientras leen un libro de la biblioteca. No pueden llevarlo a la playa y mancharlo de arena. No pueden dejarlo en el fondo de su casillero con restos de fruta y sándwiches mohosos. ¿Está claro?

—Sí —respondimos a coro, mareados por la enorme responsabilidad de ser usuarios de la biblioteca del señor Chistón.

—Muy bien —dijo de mala gana—. Ya pueden entrar.

Entramos lentamente en la biblioteca, colocamos nuestras carpetas silenciosamente sobre la mesa y después empezamos a romper prácticamente todas

86

las reglas que nos acababa de decir, proporcionándole al pobre señor Chistón un ataque de chsss, chsss.

Encontré un ejemplar del libro *Las mil y una noches*. Revisé el índice: había historias sobre pescadores y princesas, barberos y pájaros, bestias y oro, pero nada sobre piratas ni sobre ningún tesoro enterrado.

—Bueno —dijo Jack—, ¿dice dónde está el tesoro?

—No —dije—. Lo siento. Falsa alarma.

—¿Puedo mirar, Henry? —dijo Jenny.

—Claro —dije, deslizando el libro sobre la mesa para dárselo.

—¡NO SE DESLIZAN LOS LIBROS SOBRE LA MESA! —dijo el señor Chistón, que de repente estaba justo detrás de mí. ¿Cuántas veces lo tengo que decir? Si tienen que pasarle un libro a alguien, ¡dénselo en la mano!

—Lo siento, señor Chistón —dije.

Jack intentó sofocar la risa.

—¡Chsss, Jack! —rugió el señor Chistón—. Hay personas que intentan leer.

Jack asintió y el señor Chistón se fue a buscar a alguien más a quien gritar.

—Miren, esto es interesante —dijo Jenny.

—¿El qué? —pregunté.

Jenny dio un golpecito al libro abierto. Había una historia que se llamaba "El hombre arruinado y su sueño".

—Sí, ¿y? —dijo Jack.

—Piensen en la nota —dijo Jenny—. *"Pero solo en tus sueños lo encontrarás"*. ¡Es una pista, seguro que es una pista!

—¿De qué trata la historia? —pregunté.

—Aún no lo sé —dijo Jenny, pasando el dedo rápidamente por la página—. Veamos... Dice que había un hombre arruinado que vivía en El Cairo y una noche soñó que un hombre le decía que fuera a Bagdad a buscar su fortuna.

—¿Y fue? —dijo Newton.

—Sí —dijo Jenny, asintiendo—. Pero cuando llegó, lo acusaron por error de ser un ladrón y lo metieron en la cárcel.

—Bueno, eso sí que es de gran ayuda —dijo Jack.

—Ese no es el final de la historia —dijo Jenny—. El jefe de policía le preguntó al hombre por qué había ido a Bagdad y este le contó el sueño. El jefe de policía se echó a reír y dijo que él había tenido un sueño similar en el que un hombre le dijo que fuera a El Cairo donde había una casa blanca con un jardín y una fuente y, debajo, un tesoro enterrado. Pero el jefe de policía dijo que él era demasiado listo para hacer ningún caso a los sueños y le aconsejó al hombre que hiciera lo mismo. El hombre, sin embargo, se dio cuenta de que la casa en el sueño del jefe de policía era SU propia casa, así que cuando salió de la cárcel

88

se fue derecho a casa, cavó bajo la fuente ¡y encontró una enorme bolsa llena de oro!

—Bien por él —dijo Jack—, pero no veo adónde nos lleva eso.

—Yo sí —dije—. El hombre se fue hasta Bagdad buscando un tesoro, pero el tesoro estaba en el mismo lugar de donde había partido. Nunca se le ocurrió buscar en su propio jardín.

—¿Creen que es posible que quien sacó el tesoro de Isla Calavera lo volviera a enterrar en el mismo sitio? —dijo Jenny.

—Yo creo que sí —dije—. ¿Qué mejor lugar para esconder un tesoro de alguien que el mismo lugar en el que esa persona ya miró? ¡Es el único lugar en el que seguro que Barbaverde y su pandilla no mirarían!

—Pero eso es muy retorcido —dijo Jenny.

—Estamos hablando de piratas —dije.

—De niños que JUEGAN a piratas —dijo Jack.

—¡Piratas al fin y al cabo! —repliqué.

—Si tienes razón y está enterrado en Isla Calavera, entonces se reduce mucho el campo de búsqueda —dijo Gretel—, pero todavía Isla Calavera sigue siendo muy grande. Tardaríamos meses en excavarla por completo.

—Quizás sí —dije—, y quizás no, si pensamos como piratas.

—Si yo fuera un pirata, conseguiría un detector de metales —dijo Newton.

—Los piratas no tienen detectores de metales —dije.

—Quizás no —dijo Newton—, pero seguro que Grant Gadget sí.

—¡Newton, eres un genio! —exclamé.

—¿De verdad lo crees? —dijo Newton, aterrorizado.

—No tengo ninguna duda —dije.

—¿Significa eso que tendré que dejar la escuela Central Noroeste Sureste y tendré que ir a la escuela Central Noroeste Sureste para niños prodigio? ¡Pero yo no quiero ir! ¡Me gusta estar aquí! ¡Me sentiré solo! Yo...

—Cálmate, Newton —dije—. No quería decir que fueras un genio DE VERDAD. Es solo una expresión...

—¿Qué estás diciendo? —dijo Newton, más preocupado todavía—. ¿Que soy estúpido? ¿Entonces tendré que ir a la escuela Central Noroeste Sureste para niños no prodigio?

—¡No te preocupes, Newton! —dije—. ¡Ya estás en esa escuela! Todo lo que digo es que preguntar a Grant Gadget es una buena idea.

—Oh —dijo Newton—. Gracias.

—No estoy seguro de que SEA una buena idea —dijo Jack—. Nunca vi un invento del papá de Grant que funcionara.

—Pero merece la pena intentarlo —dijo Jenny—.
¡Un detector de metales que no funciona es mejor que
ninguno!

—Tampoco estoy seguro de eso —dijo Jack.

Capítulo 25

Grant Gadget

—Entonces, ¿le pedirás a Grant el detector de metales? —dijo Jenny.

—¡Chsss! —dijo el señor Chistón, acercándose por detrás.

—Lo siento, señor Chistón —dijo Jenny.

—¡No te disculpes! —dijo el señor Chistón—. Simplemente, ¡cállate!

—Sí, lo siento —susurró Jenny.

El señor Chistón miró al cielo, exasperado, y luego centró su atención en el siguiente problema que amenazaba la paz de su biblioteca: Clive empujaba los libros desde un lado del estante para que cayeran al otro lado sobre los pies de Fiona.

Típico de Clive. Lo único que se le ocurría hacer con un libro era herir o molestar a alguien.

—¿Y bien? —dijo Jenny, mientras el señor Chistón se ocupaba de Clive—. ¿Se lo pedirás?

—Sí —respondí.

—Entonces, ¿a qué esperas?

—Estoy esperando a que el señor Chistón esté distraído.

—Ahora está distraído —dijo Jenny, señalando con la cabeza al señor Chistón, que estaba haciendo a Clive recoger todos los libros que había botado del estante.

—Está bien, está bien —dije—. ¡Ya voy!

Me paré y me acerqué a Grant.

Estaba muy concentrado leyendo un libro de robots. Tan concentrado estaba que no me escuchó decir su nombre.

—¡Grant! —repetí, mientras le daba un golpecito en el hombro.

Levantó la cabeza, la giró y parpadeó detrás de sus lentes.

—¿Qué ocurre, Henry? —dijo.

—Quería pedirte un favor —dije.

—¿El qué?

—¿Tienes un detector de metales que puedas prestarme?

Grant arqueó las cejas.

—¿Para qué?

—Oh, para nada —dije—. Solamente quería, bueno, hacer un poco de detección de metales.

—Tienes que ser más concreto —dijo Grant frunciendo el ceño—. ¿Qué tipo de metal?

—Pensé que solo había un tipo de metal —dije.

Grant negó con la cabeza como si él fuera un adulto y yo un pobre niño equivocado.

—Oh, no; hay muchos metales: oro, plata, bronce, latón, platino...

—Ya me hago a la idea —dije, mirando hacia la zona de las revistas donde el señor Chistón reprendía a Penny y Gina. Por lo que podía ver, habían botado un estante lleno de revistas mientras trotaban en sus caballos imaginarios. No iba a estar siempre ocupado—. Quiero un detector que pueda detectar todos los metales. Especialmente un tesoro.

—¿Tesoro? ¿Qué clase de tesoro? —dijo Grant.

Dudé, no sabía cuánto debía contarle. Pero me estaba quedando sin tiempo.

—Un tesoro ENTERRADO —dije.

—Ya veo —dijo Grant—. Bueno, eso lo cambia todo.

—¿Sí? —dije.

—Sí —dijo Grant—. Resulta que mi papá está trabajando en un detector de tesoros enterrados. No quiero aburrirte ni confundirte con los detalles técnicos, pero básicamente es un detector de metales superpoderoso que puede detectar un tesoro enterrado, no importa lo profundo que esté.

—¡Guau! ¡Eso es exactamente lo que nosotros necesitamos!

—¿Nosotros? —dijo Grant.

—Quise decir, yo —dije.

—Dijiste NOSOTROS —dijo Grant—. ¿Quién más sabe esto?

—Solo yo y Jenny y Jack y Newton y Gretel —dije.

—Ya veo —dijo Grant.

—¿Nos ayudarás?

—Puedo ayudarlos —dijo Grant—, pero hay un precio.

—¿Qué precio? —dije.

—Una parte del tesoro igual a la de ustedes.

—Ni hablar —dije.

—Olvídalo —dijo Grant.

Lo pensé de nuevo. Quería el tesoro.

—De acuerdo —dije.

—Trato hecho —dijo Grant—. Esta noche lo, este, tomaré prestado del taller de mi papá. ¿Dónde está el tesoro?

—Ese es el problema —dije—. No lo sabemos.

—Quiero decir que dónde está enterrado —dijo Grant.

—¿Prometes que no se lo dirás a nadie?

—Lo prometo.

—¿Por tu honor, y si no, que te mueras o te claves una aguja en tu ojo que te cause mucho dolor?

—¿Estás de broma? —dijo Grant—. El ojo es uno de los órganos más delicados y complejos de nuestro cuerpo. ¡No pienso clavarme una aguja en el ojo!

—De acuerdo —dije—. Pero ¿no se lo dirás a nadie?

—Claro que no —dijo Grant.

—Está enterrado en algún lugar de la escuela.

—Es una zona muy grande —susurró Grant—. ¿No puedes ser más concreto?

—Seré más concreto mañana, cuando me enseñes el detector de tesoros enterrados.

—De acuerdo. Mañana encontrémonos en mi casillero a la hora del almuerzo e iremos a la búsqueda del tesoro.

—Gracias, Grant —dije.

Me paré, me di la vuelta y miré directamente a los ojos del señor Chistón.

—¡Chsss! —dijo.

Capítulo 26

El detector de tesoros enterrados

Exactamente a las 11:04 de la mañana siguiente, fuimos al casillero de Grant.

Era fácil distinguir el casillero de Grant. Tenía un adhesivo rojo en la puerta que decía "TOP SECRET!"

Grant nos estaba esperando. Miró su reloj.

—Llegan treinta y cinco segundos tarde —dijo—. ¿Qué los retrasó?

—¿Tienes el detector de metales? —preguntó Jack.

—No es un simple detector de metales —dijo Grant—, ¡es un superdetector de metales! Dense la vuelta y lo sacaré... y no intenten mirar en mi casillero, o se rompe el trato.

Nunca nadie había visto el interior del casillero de Grant... aunque no es que no lo hubieran intentado.

—No miraremos —dijo Jenny—. Vamos, ya escucharon a Grant, dense la vuelta.

Nos dimos la vuelta y cerramos los ojos.

Aunque todos deseábamos ver lo que había en el casillero de Grant, nadie quería correr el riesgo de no encontrar el tesoro por ese motivo.

—Muy bien, ahora ya pueden mirar —dijo Grant.

Nos dimos la vuelta y allí estaba Grant, con una larga tubería plateada que tenía pegado en un extremo lo que parecía ser un Frisbee. En el medio de la tubería había una caja de controles. En el otro extremo había dos cables delgados que conectaban con unos auriculares que Grant tenía puestos sobre las orejas.

—¿Qué se supone que es eso? —dijo Jack.

—Es el detector de tesoros enterrados, claro —dijo Grant, hablando con voz muy alta—. Lo usaremos para encontrar un tesoro enterrado, ¿recuerdas?

—¡Chsss! —dije, mirando alrededor para asegurarme de que nadie más hubiera oído—. ¡No hables tan alto, Grant!

—¿Qué? —preguntó.

—¡No grites!—. Levanté uno de sus auriculares.

—Lo siento —dijo—. Son los auriculares. No me doy cuenta de que estoy hablando demasiado alto.

Se los quitó y se los colgó alrededor del cuello.

—Bueno, ¿qué les parece esto? ¿No creen que es una maravilla?

—Sin ánimo de ofender, parece un palo con un Frisbee pegado en la punta —dijo Jack.

98

—¡Eso demuestra cuánto sabes! —dijo Grant, enojado.

—¡A mí me parece increíble! —dijo Jenny rápidamente, antes de que Jack pudiera responder—. Tu papá debe de ser LISTÍSIMO.

—Yo lo ayudé, por supuesto —dijo Grant—, pero sí, él es un inventor genial. Bueno, ¿van a enseñarme dónde está ese tesoro o no?

—Creía que eras tú el que nos lo iba a enseñar —dijo Jack.

—Jack —dije—, déjalo tranquilo.

—Seguramente podría encontrarlo sin su ayuda —dijo Grant—, pero tardaría más. Además, un trato es un trato. Me toca la sexta parte, ¿verdad?

Todos nos miramos y asentimos.

—De acuerdo —dije—, ven con nosotros.

Caminamos hasta la cima de Isla Calavera.

—Está enterrado en algún lugar de este montículo —dije—, pero no sabemos exactamente dónde.

—No se preocupen —dijo, mientras daba unos golpecitos al detector de tesoros enterrados y se ponía de nuevo los auriculares—. Aquí es donde esto entra en acción. Échense atrás, voy a encenderlo. Esta cosa es muy poderosa.

—¿Qué pasará? —preguntó Newton, retrocediendo unos pasos.

—¿Qué? —dijo Grant—. ¡No te oigo! Tengo puestos los auriculares.

Grant pulsó un botón.

Oímos un fuerte chillido salir de los auriculares.

Grant se los arrancó de la cabeza.

—¿Qué ocurre? —dijo Jack—. ¿Encontraste el tesoro? ¿Estás recogiendo señales del espacio exterior?

—No —dijo Grant—. El volumen estaba muy alto. Es la primera vez que se usa y necesita un pequeño ajuste.

—Un ENORME ajuste, diría yo —dijo Jack.

Grant no le hizo caso. Giró una rueda y se puso de nuevo los auriculares.

Esta vez no se oyó ningún chillido.

Grant empezó a caminar lentamente en círculos por la cima del montículo. Parecía muy concentrado.

—¡Funciona! —dijo Jenny.

—¿Cómo sabes que funciona? —dijo Jack—. Aún no encontró el tesoro.

De repente el detector de tesoros enterrados de Grant empezó a vibrar.

El extremo redondo de plástico se pegó contra el suelo.

Grant se quitó los auriculares.

—Está ahí abajo —dijo, mientras miraba a Jack con ojos que decían "te lo dije".

—Agarren un palo y empecemos a cavar —dijo Gretel.

Hicimos lo que sugirió Gretel.

Atacamos la tierra dura con palos.

Lo intentamos con todas nuestras fuerzas, pero después de cinco minutos de excavación frenética, aún no había señales del tesoro.

—¿Estás seguro de que está aquí? —preguntó Jack.

—Eso es lo que indica el detector de tesoros —dijo Grant—, y nunca se ha equivocado.

—Tampoco ha acertado —dijo Jack.

—Simplemente estás celoso —dijo Grant.

—¡Un momento! —dijo Jenny—. ¡Encontré algo!

Todos miramos.

Su palo golpeaba algo de metal. No parecía un cofre lleno de un tesoro enterrado, pero desde luego era metal.

Excavó un poco más hasta que sacó un pequeño disco oxidado.

—¿Es una moneda? —dijo Gretel.

—¡No, mucho mejor! —dijo Jenny—. ¡Es una insignia con una carita feliz!

—¿Ya está? —dijo Jack—. ¿Ese es el tesoro?

—Mi mamá dice que una sonrisa no tiene precio —dijo Jenny mientras se prendía, muy contenta, la insignia en el cuello de la camisa.

—Si, pero no es un tesoro, ¿no? —apuntó Jack.

—No —dijo Jenny—. Pero parece una buena señal. ¡Sigamos buscando!

Grant puso en marcha de nuevo el detector de tesoros enterrados. Esta vez ya había bajado la mitad del montículo cuando empezó otra vez a vibrar y a chirriar.

—Aquí hay algo —dijo—. No sé con seguridad si es un tesoro, pero desde luego hay algo.

Nos agachamos y empezamos a excavar de nuevo.

Esta vez encontramos un silbato y una vieja cadena.

—Seguramente eran del señor Grunt —dijo Jack.

El señor Grunt es el entrenador de deportes. Es muy aficionado a soplar el silbato.

—¿Me lo puedo quedar? —dijo Newton—. Siempre quise tener un silbato. Puedo soplar si surgen problemas.

—Sí, toma —dije, dándoselo a Newton.

Newton le quitó la arena y sopló. Todavía funcionaba y sonaba muy ALTO. Era impresionante para un silbato que llevaba enterrado quién sabía cuánto tiempo. Pero aunque era impresionante, no era el tesoro.

Grant empezó a mover el detector de tesoros enterrados de nuevo sobre la tierra.

Unos minutos después empezó a vibrar sin control.

De repente, Grant se inclinó hacia delante y cayó al suelo.

De la caja de los controles empezó a salir humo. Un chirrido tremendo salió de los auriculares.

Newton empezó a soplar el silbato.

—¡Peligro! —gritó—. ¡Todo el mundo atrás! ¡Peligro peligroso!

Tenía que admitirlo. Desde luego, Newton sabía qué hacer en una crisis.

Grant todavía estaba acostado en el suelo.

Nadie sabía qué hacer.

Entonces el detector de tesoros enterrados estalló con un fuerte ¡bang!

Grant se sentó, mareado. Se quitó los auriculares y se frotó las orejas.

—¿Estás bien? —preguntó Jenny, arrodillándose a su lado.

—Supongo que necesita algunos ajustes —respondió.

—¿Algunos? —dijo Jack—. Creo que este invento tiene que volver a la mesa de diseño.

Mientras tanto, Gretel excavaba enérgicamente, arrodillada en el lugar donde el detector de tesoros enterrados había estallado.

—¡Eh, miren esto! —dijo, sosteniendo un pequeño objeto—. ¡Es una llave!

Nos acercamos todos.

—¿Puedo verla? —dije.

—Claro —dijo Gretel, dándomela.

Le quité la arena y la examiné atentamente. Tenía grabada una calavera con dos huesos cruzados.

—No es el tesoro —dije—, pero es casi igual de bueno. Sin duda, estamos en el lugar correcto.

—¿El lugar correcto para qué? —dijo una voz sobre mi hombro.

Me guardé la llave en el bolsillo y me di la vuelta.

Era Fred Durkin. Clive estaba detrás de él mirando con malicia por encima del hombro de su hermano.

—Sí, MacTrote —dijo Clive—. ¿El lugar correcto para qué?

—Para probar el detector de metales de Grant —dije.

—¿Eso es todo lo que hacían? —dijo Fred con sospecha.

—Eso es todo —dije.

—Si andas metido en algo, MacTrote —Fred me miró—, yo descubriré de qué se trata.

—No está metido en nada —dijo Gretel, flexionando los nudillos—, márchense a jugar, chicos.

—Vamos, Clive —dijo Fred mirándola—. Esto es muy aburrido.

Los vimos retirarse bajando el montículo.

—Tuvieron suerte marchándose cuando lo hicieron —dijo Jack, golpeando un puño contra la palma de la otra mano—. Estaba a punto de enseñarles a esos dos brutos una lección que nunca olvidarían.

—Creía que tenías los dedos adoloridos —dije.

—Sí, pero eso fue ayer. Ahora están mejor.

—Claro —dije sonriendo. Jack era tan valiente... siempre cuando el peligro ya había pasado.

—Y ahora, ¿qué? —preguntó Jenny, claramente aliviada porque el encuentro tan poco amistoso había terminado.

—Tenemos la llave —dije—. Ya es algo. Y diría que una suposición realista es que el cofre no está muy lejos. Pero recuerden, ¡ni una palabra a nadie!

Capítulo 27

¿Quién se fue de la lengua?

A la mañana siguiente llovía con fuerza. Al entrar en el salón de clases, Gina y Penny vinieron corriendo.

—Henry —dijo Gina—. ¿Ya te enteraste?

—¿De qué? —pregunté.

—¡Hay un tesoro! —exclamó Penny.

No podía creerlo. ¡Ya lo sabían! Pero ¿cómo? ¿Y cuánto sabían?

—¿Qué tesoro? —dije, haciéndome el inocente.

—Hay un tesoro de millones y millones de dólares enterrado en algún lugar bajo la escuela —dijo Gina.

—¡Sí! —dijo Penny—. ¡Lo enterró un pirata malvado y nosotras lo encontraremos y compraremos un criadero de caballos!

—¡Con senderos para andar a caballo! —dijo Gina.

No con mi tesoro, pensé, pero intenté que no se notara mi enojo.

—¿Quién les habló del tesoro? —dije.

—Es que... es un secreto —dijo Gina.

—Prometo que no se lo diré a nadie —dije.

—Bueno —dijo Gina—. Fue Fiona.

Fui derecho a la mesa de Fiona. Conversaba animadamente con David, mientras miraban un libro llamado *Cómo encontrar un tesoro enterrado*. Levantaron la vista con cara de culpabilidad cuando notaron que estaba a su lado. Fiona guardó rápidamente el libro bajo su carpeta.

—¿Sí, Henry? —dijo—. ¿Qué querías?

—¿Qué es ese libro? —pregunté.

—Nada —dijo Fiona.

—No estarán pensando buscar un tesoro enterrado, ¿verdad? —dije.

—¿Un tesoro? —Fiona negó con la cabeza demasiado enérgicamente—. No sé de qué me hablas.

—¿Quién fue? —pregunté, presionando.

—¿Quién fue qué? —dijo David.

—¿Quién les habló del tesoro?

Fiona y David se miraron y luego me miraron otra vez.

—Yo sé que lo saben —dije— y ustedes saben que yo sé que ustedes saben. Así que díganme quién se lo dijo. Nos ahorrará tiempo.

—Fue Jenny —dijo Fiona—. Pero es un secreto, así que no se lo digas a nadie más.

—Está bien —dije.

Fui a la mesa de Jenny.

—Jenny, ¿le hablaste a alguien del tesoro? —pregunté.

—No —dijo—, creo que no.

—¿CREES que no? —dije.

—Eeeh —dijo Jenny, pensando—. Quizás se lo dije a una persona. Pero solo a una. A ninguna más.

—¿Por casualidad podría esa persona ser Fiona MacSeso?

—Sí —dijo Jenny.

—Pero ¿por qué? —dije—. Prometiste no decírselo a nadie. ¡Hiciste un juramento!

—Lo sé —dijo Jenny, con cara de disculpa—. Lo siento, Henry. Es que surgió en la conversación.

—¿Cómo puede surgir algo así en una conversación?

—Me preguntó qué hacíamos en el montículo con Grant y el detector de metales, y no pude mentirle. ¡Henry, no puedo mentir a una amiga! Pero le hice prometer que no se lo diría a nadie más.

—Pero lo ha contado —dije—. Se lo dijo a Gina y a Penny y ellas se lo están contando ¡a TODO EL MUNDO!

—Lo siento, Henry —dijo Jenny—. No tendré que clavarme una aguja en el ojo, ¿verdad?

—Esta vez, no —dije—. ¡Pero la próxima vez tendrás que hacerlo!

Jack se nos acercó.

—¡Todo el mundo lo sabe! —dijo—. ¿Se ha ido Newton de la lengua? Lo sabía. Sabía que no podíamos confiar en él. ¡Lo sabía!

—No fue Newton —le dije.

—Fui yo —dijo Jenny con un hilo de voz.

—¡Lo sabía! —dijo Jack—. ¡Sabía que no podíamos confiar en una chica! ¡Lo sabía!

—¿Cómo dices? —dijo Gretel, acercándose por atrás y colocando su enorme mano sobre el hombro de Jack—. ¿Qué dices sobre las chicas?

—Oh —dijo Jack mirando a Gretel—, eh, justo decía que sabía que podíamos confiar en una chica para encontrar el tesoro. Son muy buenas encontrando cosas, las chicas quiero decir, mucho mejor que los chicos.

—¿Estás SEGURO de que eso fue lo que dijiste? —dijo Gretel.

—Estoy seguro, seguro —asintió Jack—. Incluso estoy seguro de que estoy seguro de que estoy seguro de que estoy seguro.

—Muy bien —dijo Gretel, quitándole la mano del hombro—. Eso está muy bien.

Pero claro, la única cosa que NO estaba bien es que ¡todo el mundo sabía de la existencia del tesoro!

Capítulo 28

Una mañana maravillosa

En ese momento, el señor Sesoalegre entró en el salón de clases. Estaba empapado y silbaba bien fuerte. Se quitó la gabardina y la retorció para escurrir el agua, que formó un enorme charco en el suelo. Luego la colgó.

—Buenos días, clase —dijo animadamente—. ¡Qué mañana tan maravillosa!

—Ejem —dijo Fiona—, no quiero ser grosera, pero la verdad es que no es una mañana maravillosa. Está diluviando, hay truenos y relámpagos y hace muchísimo frío.

—¡Perfecto! —dijo el señor Sesoalegre—. ¡No podría pedir nada mejor!

—¿Está diciendo que le GUSTA este tiempo?—. Claramente, Fiona no podía creer lo que oía.

—¡Me encanta! —dijo el señor Sesoalegre.

—Yo lo odio —dijo Fiona—. A mí me encanta el tiempo soleado.

—A mí ese tiempo también me encanta —dijo el señor Sesoalegre.

—¿Cómo le puede encantar el tiempo soleado y TAMBIÉN el tiempo lluvioso? —preguntó Fiona.

—Me encanta TODO tipo de tiempo —dijo el señor Sesoalegre—. ¡Hace que la vida sea interesante!

—No cuando hace frío y llueve —dijo Fiona.

—Pero ahora mismo no estás mojada, ¿verdad? —preguntó el señor Sesoalegre.

—No —admitió Fiona.

—¿Tienes frío ahora?

—No —dijo Fiona—. La verdad es que tengo un poco de calor.

—Es decir, me estás diciendo que estás seca y tienes calor —dijo el señor Sesoalegre—. ¿Qué otras cosas te van bien, a pesar de ser un día lluvioso y frío?

Fiona se encogió de hombros.

—¿Quién puede ayudar a Fiona? —dijo el señor Sesoalegre—. ¿Por qué otras cosas debería estar feliz ahora mismo?

—¿Porque tiene una silla donde sentarse? —dijo Jenny.

—¡Exactamente! —dijo el señor Sesoalegre—. ¡El tiempo no cambia ese hecho! ¿De qué otras cosas tiene Fiona que estar agradecida, sin importar cómo sea el tiempo?

—¿Porque tiene una mesa? —sugerí.

—¡Sí! —dijo el señor Sesoalegre—. ¡Más cosas!

—¡Tiene un cuerpo! —dijo Grant.

111

—¡Tiene cabeza! —dijo Gretel.

—¡Tiene cerebro! —dijo Newton.

—Sí —dijo el señor Sesoalegre—. Y no solo Fiona. ¡Todos tienen!

—Clive, no —dijo Jack.

—Le diré a mi hermano que dijiste eso —dijo Clive.

—¡Maravilloso! —dijo el señor Sesoalegre—. ¡Clive tiene un hermano al que puede contarle todo! ¿Por qué más cosas tienen que estar agradecidos?

—¡La lucha libre! —dijo Gretel.

—¡Los helados! —dijo Jack.

—¡Las curitas! —dijo Newton.

—¡Los amigos! —dijo Jenny.

—¡Excelente! —dijo el señor Sesoalegre, mientras la clase se iluminaba con un nuevo relámpago, seguido casi inmediatamente por un repiqueteo de truenos que sonaron como si estuvieran a pocos metros del tejado—. Ahora repitan esas cosas con sentimiento. Se sienten agradecidos por tenerlas. Griten para que todo el mundo las escuche.

—¡LA LUCHA LIBRE! —gritó Gretel.

—¡LOS HELADOS! —gritó Jack.

—¡LAS CURITAS! —gritó Newton.

—¡LOS AMIGOS! —gritó Jenny.

—¡Aún no puedo oírlos! —dijo el señor Sesoalegre—. ¡Párense sobre sus mesas y díganlo otra vez!

—¡LA LUCHA LIBRE! —aulló Gretel.

—¡LOS HELADOS! —aulló Jack.

—¡LAS CURITAS! —aulló Newton.

—¡LOS AMIGOS! —aulló Jenny.

El señor Sesoalegre tenía una amplia sonrisa.

—¡Mucho mejor! —dijo—. Ahora sigan repitiendo esas palabras mientras los demás se paran en sus mesas y gritan algunas de sus cosas favoritas.

—¿Nos examinará sobre esto? —preguntó Fiona.

—Sí —dijo el señor Sesoalegre—. Cuanto más feliz te sientas, mejor nota tendrás.

—Pero ¿cómo lo sabrá? —dijo Fiona.

—Yo no lo sabré —dijo el señor Sesoalegre—. Pero TÚ sí.

—¿Eh? —dijo Fiona—. ¿Qué clase de examen es ese?

—¡El más importante! —dijo el señor Sesoalegre—. Pero no tienes que creer lo que yo te diga. ¡Compruébalo tú misma!

Nadie necesitó que lo animaran más.

Todos los estudiantes del 5C se subieron a sus mesas y empezaron a gritar con todas sus fuerzas algunas de sus cosas favoritas.

—¡EL CHOCOLATE!

—¡LOS FINES DE SEMANA!

—¡LAS PELÍCULAS!

—¡LAS COMPUTADORAS!

—¡LOS PINGÜINOS!

—¡LOS PONIS!

—¡LAS MOTOS!

—¡LAS ABUELAS!

—¡LOS PONIS!

—¡LAS PAPAS FRITAS!

—¡LOS DINOSAURIOS!

—¡LA MÚSICA!

—¡EL BARRO!

—¡LOS PIRATAS!

—¡LOS TESOROS!

Los estudiantes hacían más ruido que la tormenta que rugía afuera. Este hecho no le pasó desapercibido a la señora Hinojo, que apareció en la puerta con la cara colorada y resoplando.

—¡Intento enseñar álgebra! —aulló.

—Miren, eso no lo mencionó nadie todavía —dijo el señor Sesoalegre.

—¡EL ÁLGEBRA! —gritó Fiona.

—Eras una niña tan buena y callada, Fiona —dijo la señora Hinojo—. ¿Qué te pasó?

—¡EL ÁLGEBRA! —aulló Fiona de nuevo.

La señora Hinojo se encogió de hombros, negó con la cabeza y concentró su atención de nuevo en el señor Sesoalegre.

—¡Usted tiene la culpa! —lo reprendió—. Esta era una escuela tranquila y ordenada hasta que usted llegó.

—Tranquilidad y orden no significan necesariamente que los estudiantes estén aprendiendo algo —replicó el señor Sesoalegre.

—¡No veo qué aprenden parados sobre sus mesas y gritando con todas sus fuerzas! —chilló la señora Hinojo—. Quizás sea antigua, señor Sesoalegre, pero creo que el aprendizaje ocurre cuando uno está sentado A la mesa, no parado SOBRE ella. Le comunicaré esto al director Barbaverde. Si usted no puede mantener el orden, estoy segura de que él sí podrá.

La señora Hinojo se giró sobre sus talones y salió marchando hacia la puerta.

—¡EL ÁLGEBRA! —gritó Fiona, provocando otra ronda de gritos en la clase.

Capítulo 29

Una idea brillante

Afortunadamente, el sol salió a la hora del almuerzo.

Desafortunadamente, Isla Calavera estaba repleta de buscadores de tesoros de quinto grado, todos excavando desesperadamente con palos, reglas, plumas, lápices e incluso con las manos.

Jenny, Gretel, Jack, Newton y yo quedamos parados al pie del montículo y observamos. Faltaba Grant. Estaba demasiado ocupado reparando el detector de tesoros enterrados como para buscar un tesoro enterrado real.

—¡Tenemos que detenerlos! —dijo Jack—. ¡Intentan robar nuestro tesoro!

—Lo siento, lo siento muchísimo. Soy una idiota, lo estropeé todo —dijo Jenny—. Hay demasiada gente buscándolo. Lo encontrarán antes que nosotros. ¡Y es por mi culpa!

—No te preocupes —le dije—. Nosotros lo encontraremos.

—¿Encontrar QUÉ? —dijo una voz detrás de mí. Era Fred.

—No sé de qué hablas, Fred —dije.

—Creo que sí lo sabes —replicó.

—No, no lo sé —dije.

—¡SÍ lo sabe! —dijo Clive.

—¡No lo sabe! —dijo Gretel.

—¡Claro que sí lo sabe! —dijo Clive—. ¡Y tú también!

—¡No, no lo saben! —dijo Jack—. No saben nada y yo tampoco. Ni Newton ni Jenny. Ninguno de nosotros sabe nada de nada. ¡Y de todas las cosas de las que no sabemos nada, especialmente no sabemos nada de ningún tesoro secreto enterrado!

—Un tesoro secreto enterrado, ¿eh? —dijo Fred—. Pero si es secreto, ¿por qué lo SABEN?

Jack tomó aire para replicar pero se detuvo.

No sabía qué decir.

Fred había sido más listo que él.

Para ser un chico tan tonto, a veces Fred podía ser muy listo.

Pero no tan listo como yo.

Pensé rápidamente.

Más rápido de lo que jamás había pensado en toda mi vida.

Más rápido incluso que la velocidad del pensamiento... y entonces se me ocurrió una idea brillante.

La idea más brillante que jamás había tenido. Al menos, esa mañana.

Una idea que conseguiría quitarnos a Fred de encima, pero también serviría para limpiar toda Isla Calavera de todos los indeseados buscadores de tesoros.

Le diría a Fred la verdad. Más o menos.

—Muy bien, Fred —dije—. Tú ganas. Está claro que eres demasiado listo para nosotros. Es verdad que HAY un tesoro.

—¡Lo sabía! —dijo Fred.

—¡Te lo dije! —dijo Clive.

—¡Henry! —dijo Jack.

—No, Jack —continué—, no más mentiras. Es hora de decir la verdad. El director Barbaverde enterró un tesoro hace muchos años cuando era estudiante de la escuela Central Noroeste Sureste y todavía está aquí.

—¿Cómo lo sabes? —preguntó Fred.

—Me enteré el otro día cuando me enviaron a su oficina —dije.

Fred me miró con sospecha.

—¿Cómo sé que estás diciendo la verdad?

—Puedo probarlo —dije—. Tengo un mapa.

—¿Tienes un mapa? —dijo Gretel, estupefacta.

—Sí —dije—. Lo tomé de la mesa del director Barbaverde cuando no estaba mirando. Muestra la ubicación exacta del tesoro.

—¿Por qué no nos lo contaste a NOSOTROS? —dijo Jack.

—Lo siento —dije—. Pero no quería que todo el mundo se enterara. Me inventé que estaba en Isla Calavera para proteger la ubicación real. Pero no ha servido de nada. Fred es demasiado listo para nosotros.

—¿Desde cuándo? —dijo Gretel amenazándolo con su puño.

—Ni se te ocurra, un-solo-puñetazo —dijo Fred—. Quiero ese mapa, MacTrote.

—¿Qué me darás por él? —dije.

—No es lo que te daré por él sino lo que NO te daré. Si me das el mapa, no te retorceré el cuello con fuerza hasta que te estalle la cabeza como una espinilla.

—Me gustaría verte intentarlo —dijo Gretel.

—Me gustaría verte impidiéndomelo —dijo Fred.

—¡Me gustaría verte intentando impidiéndomelo! —dijo Gretel.

Newton estaba a punto de soplar el silbato.

Le sujeté la mano para detenerlo.

—Trato hecho —dije.

—¿Qué? —dijo Jack—. ¡Traidor! ¡No le des el mapa!

—Para ti es fácil —dije—. No es tu cuello el que van a retorcer hasta que la cabeza te estalle como si fuera una espinilla.

—Pero se puede conseguir muy fácilmente —dijo Fred.

—No, gracias —dijo Jack, negando con la cabeza. Después se volvió a mí y me dijo—: Pensé que éramos amigos, Henry, pero veo que estaba equivocado. Me voy.

—Yo también —dijo Gretel, sacudiendo la cabeza con asco—. ¿Vienes, Newton?

Newton asintió tristemente y siguió a Gretel y a Jack montículo abajo.

Jenny apenas podía mirarme. Nunca la había visto tan dolida ni tan conmocionada.

—Un verdadero amigo nos habría hablado del mapa —dijo. Después siguió a los demás.

Yo me encogí de hombros.

—Estás mejor sin esos estúpidos —dijo Fred—. Ahora dame el mapa. No tengo todo el día.

—No lo tengo aquí —dije—. Lo tengo en casa. Lo traeré mañana.

—Asegúrate de traerlo, MacTrote —advirtió Fred—. La primera cosa en la mañana, antes de entrar a clase.

—Eso —dijo Clive—, asegúrate o... verás.

Fred y Clive se echaron a reír y se dirigieron a la cafetería de la escuela.

Esperé hasta que estuvieron fuera de la vista y luego corrí detrás de los demás.

Tenía algo que explicar.

Capítulo 30

Doblemente traidor

Encontré a Gretel, Jack, Newton y Jenny en nuestro lugar favorito, junto a la cancha de baloncesto.

—¿Por qué vienes? —dijo Jack—. ¿Tus nuevos amigos ya no querían jugar contigo?

—Ellos no son mis amigos —dije—. ¡Ustedes lo son!

—¡Desde luego no te comportas como un amigo! —dijo Gretel—. Los amigos de verdad confían entre sí.

—Pero yo SÍ confío en ustedes —dije.

—Entonces, ¿por qué no nos hablaste del mapa? —dijo Jenny.

—Porque no hay ningún mapa —dije.

—¿Qué quieres decir? —Newton estaba perplejo—. Le acabas de decir a Fred que TENÍAS un mapa. Si no le das un mapa te retorcerá el cuello tan fuerte que te estallará la cabeza como una espinilla.

—Claro que le daré un mapa —dije—. Un mapa FALSO con el tesoro marcado tan lejos de Isla Calavera como sea posible. Me quitaré a Fred y a Clive de encima y también se lo diremos a todo el mundo. Isla Calavera volverá a ser nuestra.

—¡Qué gran idea, Henry! —dijo Jenny—. ¡Sabía que en realidad no eras un sucio traidor!

—Bueno, en realidad lo soy —dije—. Soy un traidor porque engañaré a Fred con un mapa falso.

—Oh, cierto —dijo Jenny frunciendo el ceño.

—Y luego, para que todo sea incluso más complicado, voy a traicionar a Fred diciéndole que a ustedes les dije que era un mapa falso y así podremos continuar excavando en Isla Calavera donde sabemos que está REALMENTE el tesoro.

—Guau —dijo Jenny—, ¡eres un traidor POR PARTIDA DOBLE!

—Muy listo, Henry —dijo Jack—. Solo tengo una pregunta: ¿dónde conseguiremos un mapa del tesoro falso?

—FABRICAREMOS uno, por supuesto —dije.

Capítulo 31

Cómo hacer un mapa del tesoro falso

1. Ve a la sala de arte.
2. Dile a la maestra de arte, la señora Arco Iris, que te gusta tanto el arte que no puedes esperar a la clase de esta semana y quieres trabajar a la hora del almuerzo. Estará encantada de dejarte pasar. A ella le encantan los estudiantes entusiastas.
3. Para hacer un mapa del tesoro falso, necesitarás:
   - papel
   - lápices
   - té frío
   - una vela
   - una bola de algodón
   - un pedazo de cinta
4. Pídele a la señora Arco Iris todas estas cosas.
5. Dibuja un mapa de la escuela. Pídele a Jack que lo haga porque es el que mejor dibuja y sabe hacer muy buenos mapas.
6. Dibuja una calavera y unos huesos cruzados en la esquina superior derecha del papel.

7. Dibuja una brújula en la esquina superior izquierda.
8. Escribe NORTE en la parte de arriba del papel, SUR en la parte de abajo, ESTE en la parte derecha y OESTE en la parte izquierda.
9. Marca una ubicación falsa del tesoro con una X.
10. Arruga el papel.
11. Aplánalo.
12. Arrúgalo de nuevo.
13. Vuélvelo a aplanar.
14. Arrúgalo de nuevo.
15. Vuélvelo a aplanar.
16. Discute con Jack sobre cuántas veces hay que hacer esto para que el mapa parezca muy desgastado.
17. Usa la bola de algodón para impregnar el papel con té frío. Así el mapa tendrá un color tostadamente antiguo muy auténtico.
18. Ten cuidado y no uses por error té caliente porque te quemarás los dedos cuando impregnes el papel con él. (Y si no, pregúntale a Newton).
19. Si Newton se quema los dedos y derrama el té por todo el mapa, bota el mapa y repite los pasos 5 al 17. Esta vez no dejes que Newton se acerque al té.
20. Enciende la vela y quema cuidadosamente los bordes del papel. Esto le dará a tu mapa un aspecto de auténtico mapa pirata con los bordes

quemados. Para esto necesitarás la ayuda de la señora Arco Iris porque es muy fácil prender fuego al mapa. (Y si no, pregúntale a Newton).

21. Si Newton prende fuego al mapa, usa lo que queda del té frío para apagar las llamas. Repite los pasos 5 al 20 y no dejes que Newton se acerque a la vela.

22. Discute por qué los mapas tienen los bordes quemados. (Jenny cree que es porque los piratas eran muy descuidados y siempre se les caían sus cosas en el fuego. Cuando señalé que vivían en barcos en medio del océano, Jack sugirió que los océanos eran mucho más ardientes en la época de los piratas, pero eso es una estupidez).

23. Seca el mapa del tesoro falso con un secador de cabello.

24. Enróllalo y átalo con una cinta. Así es como los piratas siempre ataban todo, probablemente porque aún no existían las bandas elásticas.

25. ¡Listo, terminaste! ¡Eres el orgulloso dueño de un auténtico y genuino mapa del tesoro pirata falso!

Capítulo 32

¡La fiebre del tesoro!

Cuando llegué a la escuela a la mañana siguiente, era obvio que el rumor del tesoro se había extendido.

¿Cómo lo supe?

Porque vi, incluso antes de atravesar la verja, que casi todo el mundo lo buscaba por toda la escuela.

Allí donde había un pedazo de pasto o tierra, había niños haciendo agujeros.

Incluso donde no había tierra ni pasto: algunos niños intentaban excavar agujeros en el asfalto. No estaban llegando muy lejos, pero lo cierto es que lo intentaban.

Había niños excavando en la entrada de la escuela.

Había niños excavando en el campo de deportes.

Un niño incluso excavaba en los tiestos de la ventana del director Barbaverde.

El señor Espada corría como loco, persiguiendo a los niños para que se fueran del campo de deportes y de los macizos de flores. Pero era una batalla perdida. En cuanto un grupo de niños se marchaba, otro grupo empezaba en otro lugar.

¡La escuela entera tenía la fiebre del tesoro!

¡Toda la escuela se había vuelto loca por el tesoro!

Desafortunadamente, yo no iba a ayudar a mejorar la situación. De hecho, para que mi plan funcionara, tenía que empeorarla. El primer paso era darle el mapa a Fred Durkin. El segundo paso era asegurarme de que todo el mundo SUPIERA que Fred tenía el mapa. El primer paso era bastante fácil porque Fred y Clive me esperaban en la verja de la escuela.

—Vaya, vaya, pero si es mi viejo amigo Henry MacTrote —dijo Fred sonriendo—. ¿Tienes mi mapa del tesoro?

—Claro —dije, dándoselo—. Feliz búsqueda.

Fred y Clive le quitaron la cinta al mapa, lo desenrollaron y lo examinaron con rapidez.

—¿Qué significa la X? —preguntó Clive.

—¡Es donde está el tesoro, estúpido! —replicó Fred.

—¿Qué? ¿Justo en el arenero de los niños chicos?

—Bueno, ahí es donde está la X —Fred frunció el ceño—. Pero hay algo que no encaja...

—¿Qué? —dije.

—Si lo sabías —dijo Fred—, ¿por qué estuvieron excavando en el montículo?

—Pensaba que lo sabían —respondí—. Estaba engañando a los otros. No quería que supieran dónde estaba realmente enterrado el tesoro. Pensaba excavar en el arenero yo solo en secreto, después de la escuela.

Fred asintió con aprobación.

—Muy listo, MacTrote, muy listo. Pero será mejor que no te vea excavando en el arenero o te arrepentirás.

—No te preocupes —dije—. Ya sé que no debo intentar engañar a alguien tan listo como tú. Si quieres, seguiré excavando en el montículo para asegurar que los otros no te den ningún problema.

—Pero ¿no sospecharán? —dijo Fred—. Ellos saben que me diste el mapa y yo excavaré en el arenero.

—¡Les diré que te di un mapa del tesoro FALSO! —dije.

Fred sonrió.

—Buen trabajo, MacTrote. Para ser estúpido, eres bastante listo.

—Gracias —dije, sintiendo que la cabeza me daba vueltas.

Engañar a la gente era muy complicado.

Pero aún no había terminado.

Capítulo 33

Recuperar Isla Calavera

Después de dejar a Fred, me aseguré de que tanta gente en la escuela como fuera posible supiera que:

1. Fred Durkin tenía el mapa del tesoro que indicaba su posición correcta.
2. El tesoro estaba enterrado en el arenero de los niños.

Para que esto fuera posible, se lo conté a Gina y a Penny. Si tenías un secreto que no querías que siguiera siendo un secreto, contárselo a Gina y a Penny era la mejor manera de asegurarte de que todo el mundo lo supiera. Con sus caballos imaginarios recorren mucho terreno.

Y como estaba previsto, el rumor se extendió a toda velocidad.

A la hora del almuerzo, Isla Calavera era nuestra otra vez.

Fuimos derecho al lugar donde encontramos la llave.

—¡Bien hecho, Henry! —dijo Jack—. ¡Somos los únicos aquí!

—Todo el mundo está en el arenero de los pequeños —dijo Jenny, parada en la cima del montículo—. Parece que allá hay una multitud.

—Creo que Fred no estará muy feliz —dijo Newton.

—Fred nunca está feliz —señaló Gretel—. Aunque encontrara el tesoro, creo que no sería feliz.

—Sí, bueno —dijo Jack—, tiene tantas probabilidades de encontrar el tesoro en ese arenero como de encontrar un cerebro en la cabeza de su hermano.

Todos nos echamos a reír.

—Vamos —dijo Gretel—, estamos perdiendo el tiempo. ¡A cavar!

Jack y Gretel habían traído palas de su casa. Gracias a ellas y a que la tierra estaba mucho más blanda después de la lluvia, cavar fue mucho más fácil que antes.

Quince minutos después teníamos un impresionante y profundo agujero.

Pero ningún tesoro.

—¿Dónde está? —dijo Gretel—. Encontramos la llave aquí. El tesoro debería estar cerca.

—Quizás se movió con el tiempo —dijo Jenny.

—¿Cómo pudo ocurrir? —dijo Jack—. Cavas un agujero. Pones el tesoro adentro. Luego lo rellenas con tierra. El tesoro no va a ninguna parte.

—Quizás hubo un terremoto —dijo Jenny.

—¿Un terremoto? —dijo Newton, asustado.

—No te preocupes, Newton —dijo Jack—. No hay terremotos en Central Noroeste Sureste. No hay terremotos, huracanes, inundaciones ni incendios. Central Noroeste Sureste es el lugar más ABURRIDO del mundo.

—A mí me gusta —dije—. No quiero que me agite un terremoto, me absorba un huracán, me arrastre una inundación ni que me queme un incendio.

—Henry —dijo Jenny—, estás asustando a Newton.

—Lo siento —dije, dándole una palmadita a Newton en el hombro—. No te preocupes, aquí estarás a salvo.

—Aparte del riesgo de caerte en un enorme agujero —dijo Jack.

—¡Ay! —exclamó Newton.

—Bueno, ahora que ya está todo claro, ¿seguimos cavando? —dijo Gretel.

—¡Por supuesto que no! —dijo una voz conocida. La señora Hinojo subía el montículo y se dirigía hacia nosotros.

—No sé qué creen que están haciendo, excavando un agujero tan grande y peligroso como ese, ¡pero quiero que lo rellenen inmediatamente y luego vuelvan a la clase!

—Pero la hora del almuerzo aún no ha terminado —dijo Jack.

La señora Hinojo lo miró fijamente.

—Habrá terminado cuando hayan acabado de rellenar ese agujero.

—Pero todo el mundo está cavando agujeros —dijo Gretel.

—Que lo esté haciendo todo el mundo no significa que esté bien —la reprendió la señora Hinojo—. Rellenen el agujero antes de que alguien se caiga y se haga daño o los enviaré a todos a la oficina del director Barbaverde.

Gretel y Jack empezaron a rellenar el agujero mientras la señora Hinojo marchaba montículo abajo.

—¿Por qué nos molesta a nosotros? —preguntó Newton.

Era una buena pregunta.

Entonces no sabía cuál era la respuesta, aunque ahora sí la sé.

En ese momento, mientras Gretel, Jenny, Newton y yo nos arrodillábamos para rellenar el agujero, todo lo que sabía era que la búsqueda del tesoro era mucho trabajo... y muy poca diversión.

Capítulo 34

Cómo hacerse amigo de un plátano

Cuando sonó el timbre que anunciaba el fin del almuerzo, estábamos agotados.

Y hambrientos.

Afortunadamente, cuando volvimos al salón, había un plátano en cada una de nuestras mesas.

—Perdone, señor Sesoalegre —dijo Fiona—, en mi mesa hay un plátano.

—¡Oh, lo notaste! —el señor Sesoalegre parecía complacido—. Excelente observación, Fiona.

—¡En mi mesa también! —dijo David.

—¡Y en la mía! —dijimos todos al mismo tiempo.

—Muy bien —dijo el señor Sesoalegre—. La vista de los chicos del salón 5C no tiene ningún problema. Pero si no vieran, ¿cómo sabrían que hay un plátano en su mesa?

—¿Oliéndolo? —dijo Jenny.

—¡Sí! —dijo el señor Sesoalegre—. Ahora, cierren todos los ojos e intenten oler el plátano de su mesa.

En ese momento ya estábamos bastante acostumbrados a las inusuales lecciones del señor Sesoalegre. De hecho estábamos más que acostumbrados, estábamos deseando que llegaran.

Todos cerramos los ojos.

Bueno, todos excepto yo porque necesitaba comprobar si todo el mundo los había cerrado. Cuando por fin los cerré, noté que había un olor a plátano en el aire.

—¿Y bien? —dijo el señor Sesoalegre—. ¿Quién puede oler su plátano?

—Yo huelo a plátano —dijo Fiona—, pero no sé si es MI plátano porque el salón está LLENO de plátanos.

—Tienes que oler tu propio plátano —dijo el señor Sesoalegre—. Cada plátano tiene su olor único e inconfundible. ¡No hay dos plátanos iguales!

—Sí los hay —dijo David, sosteniendo en alto el plátano de Fiona y el suyo—. Mire, los dos son amarillos, curvados ¡y los dos huelen a plátano!

—A primera vista, tienes razón —dijo el señor Sesoalegre—, pero fíjate bien.

Tomó los plátanos de la mano de David y los sostuvo en alto.

—Examina sus marcas. Este tiene una pequeña marca negra en el medio, mientras que el otro tiene una marca que parece un sombrero negro.

Era curioso, pero mientras el señor Sesoalegre nos señalaba las marcas únicas y las características de los dos plátanos, empezaron a parecernos tan diferentes como... bueno, como dos plátanos.

—Muy bien —dijo el señor Sesoalegre—. Ahora es su turno. Quiero que miren su plátano. No por encima, quiero que lo miren de verdad. Quiero que lo estudien. Examinen su plátano. Denle un nombre.

—¿Un nombre? ¿A un plátano? —dijo Jenny.

—Sí —dijo el señor Sesoalegre—. ¿Por qué no? ¡Háganse amigos de su plátano! ¡Los plátanos también son personas!

—No, no lo son —dijo David—. ¡Son plátanos!

—Quizás les ayude dibujarle una pequeña cara como esta —dijo el señor Sesoalegre.

El señor Sesoalegre agarró un marcador negro y dibujó una pequeña carita sonriente en su plátano.

—Así —dijo—. ¿Qué tal?

David frunció el ceño.

El resto de la clase se echó a reír... e inmediatamente empezamos a dibujar caritas a los plátanos.

—Le pondré un nombre a mi plátano —dijo Clive en voz alta, detrás de mí—. Lo llamaré Henry y luego lo APLASTARÉ.

No le hice ningún caso a Clive, pero Jack no pudo ignorarlo.

—Yo llamaré al mío Fred —dijo— porque tiene tanto cerebro como él.

—Le diré a mi hermano lo que dijiste —dijo Clive—, y te advierto...

—Sí, ya sé, ya sé —dijo Jack—. ¡No le gustará!

—¡También le diré que terminaste mi frase!

—No me importa —dijo Jack—, porque si tu hermano intenta algo no solo tendrá que enfrentarse a mí. ¡También tendrá que vérselas con mi plátano!

Jack mostró su plátano. Le había dibujado una cara horrible. Era un plátano temible, definitivamente era un plátano que no te gustaría encontrarte en un callejón oscuro.

—Chicos, no peleen —dijo Jenny, mostrando su plátano, que tenía una carita feliz pintada, casi idéntica a la de la insignia que había encontrado en Isla Calavera—. ¡Seamos amigos! ¡Celebremos una fiesta de plátanos!

—Ni hablar —dijo Clive—. ¡Ustedes y sus plátanos son unos seres raros!

—¡Oh, heriste los sentimientos de mi plátano! —dijo Jenny.

Estoy bastante seguro de que eso era lo que Clive pretendía, pero antes de que pudiera responder, el señor Sesoalegre se dirigió a la clase.

—Muy bien, chicos —dijo—. Ahora ya conocieron un poco mejor a sus plátanos. Los examinaron, los olieron, aprendieron sus nombres, les pusieron caritas y veo que incluso algunos de ustedes hablan con sus plátanos y ellos les responden. Ahora es el momento de conocerlos mucho mejor. Es hora de que se coman su plátano.

—¡COMERME mi plátano! —dijo Jenny—. Pero yo no puedo hacer eso. ¡QUIERO a mi plátano!

—Nunca te impliques emocionalmente con una fruta —dijo el señor Sesoalegre con voz grave—. Nunca sabes cuándo tendrás que comértela.

Capítulo 35

La importante lección número 3 del señor Sesoalegre

Nunca te impliques emocionalmente con una fruta. Nunca sabes cuándo tendrás que comértela.

Capítulo 36

Cómo comer un plátano

—Ahora aprenderemos a comer un plátano —dijo el señor Sesoalegre.

—Pero ya sabemos comer plátanos —dijo David.

—Oh, estoy seguro de que saben ponerse el plátano en la boca mientras están ocupados haciendo otra cosa —dijo el señor Sesoalegre—. Pero yo les enseñaré a comer un plátano usando todos los sentidos.

—¿Nos examinará sobre esto? —preguntó Fiona.

—Sí —dijo el señor Sesoalegre—. Si son capaces de comer un plátano y sentir tanta emoción como si subieran a una montaña rusa, aprobarán el examen.

—¿Cómo? —dijo Fiona.

—En la vida, la verdadera felicidad es saber apreciar las cosas ordinarias —dijo el señor Sesoalegre—, no solo las extraordinarias. Ahora, agarren el plátano, pellizquen la punta superior y pelen hacia abajo.

—¡No puedo hacerlo! ¡No puedo! —dijo Jenny con lágrimas en los ojos.

—Está bien —le susurré al oído—. QUIERE que lo hagas.

—¿De verdad?

—Sí —respondí—. Es tu amigo, ¿verdad? Y los amigos se cuidan. Tu plátano te cuida dándote vitaminas frescas y minerales y llenándote de bondad platanera.

Sí, lo sé, sonaba como el anuncio de unos cereales para el desayuno, pero no me gustaba ver a Jenny disgustada. Y funcionó.

—¿De verdad lo crees, Henry? —dijo.

—Sí —respondí.

—Muy bien —dijo, mientras pellizcaba la parte superior de la cabeza del plátano—. Esto no te dolerá, te lo prometo. Bueno, dolerá UN POCO pero no DEMASIADO.

—Mientras pelan el plátano —dijo el señor Sesoalegre—, no dejen de mirarlo, de olerlo, de sentirlo. Escuchen el sonido de la piel mientras lo pelan. Entonces, y solo ENTONCES, cuando ya le hayan quitado la piel, PRUEBEN el plátano.

Hice lo que el señor Sesoalegre sugería.

Lo miré.

Lo olí.

Lo sentí.

Lo escuché.

Lo probé.

El señor Sesoalegre tenía razón. El plátano me supo mucho mejor que ningún otro plátano que había comido en toda mi vida.

Capítulo 37

Qué hacer con una piel de plátano

—¿Botamos las pieles a la papelera? —preguntó Jack cuando terminó de comer el plátano.

—¡Oh, no! —dijo el señor Sesoalegre—. ¡La piel es la mejor parte!

—No tendremos que COMERLA, ¿verdad? —dijo Jack con la misma cara de susto de Newton.

—No —dijo el señor Sesoalegre—. Podemos hacer algo mucho más divertido. Déjame hacer una demostración.

El señor Sesoalegre colocó la piel del plátano cuidadosamente en el piso delante de su mesa, con el lado amarillo hacia arriba y fue hasta la ventana. Después, sin previo aviso, echó a correr y saltó sobre la piel del plátano, deslizándose unos tres metros sobre el piso antes de perder el equilibrio y caerse contra el pizarrón con una exclamación de alegría.

Justo cuando pensábamos que ya lo habíamos visto todo, vimos algo nuevo.

Vimos a un maestro deslizándose sobre una piel de plátano.

Y ni siquiera por accidente.

A propósito.

—Esperen —dijo el señor Sesoalegre—. No estuvo muy bien. ¿Y si la pongo más cerca de la puerta y tomo carrerilla desde el pasillo? Así duraría más el paseo.

—¿Lo mido? —preguntó Fiona.

—Muy buena idea —dijo el señor Sesoalegre—. Hagámoslo bien.

El señor Sesoalegre cambió de lugar la piel, salió al pasillo y se agachó como un corredor de atletismo.

—¡Salón 5C, empiecen la cuenta atrás! —dijo.

Estábamos encantados de hacerlo.

—¡DIEZ! —gritamos—, ¡NUEVE, OCHO, SIETE, SEIS, CINCO, CUATRO, TRES, DOS, UNO, CERO!

El señor Sesoalegre salió a toda velocidad. Atravesó corriendo la puerta, saltó sobre la piel y surfeó por toda la sala, esta vez sin caerse al piso.

Dio un puñetazo al aire.

Todos gritamos vivas.

—Tres metros y medio —anunció Fiona, con la cinta métrica en la mano.

—Eso está mucho mejor —dijo el señor Sesoalegre—. ¿Quién cree que puede hacerlo mejor?

Todos levantamos la mano, por supuesto.

Durante los siguientes diez minutos pasamos el rato más divertido que se pudiera pasar en un salón de clases. Botamos las pieles de plátano y empezamos a deslizarnos. Probamos con la piel colocada hacia arriba o hacia abajo. Probamos carreras largas y carreras cortas. Probamos a gritar mientras nos deslizábamos y a hacerlo callados.

Hubo muchos choques, claro, pero aprendimos más sobre el deslizamiento en piel de plátano en esos diez minutos que lo que la mayoría de nosotros había aprendido en los últimos diez años.

El deslizamiento duró solamente diez minutos porque la señora Hinojo no tardó en aparecer.

Estaba enojada.

Tan enojada como siempre.

Quizás un poco más enojada.

Si eso era posible.

Pero no tanto como estaba a punto de enojarse.

Capítulo 38

La señora Hinojo
REALMENTE se enoja

—¿QUÉ CREEN QUE ESTÁN HACIENDO? —aulló.

—¡Nos deslizamos sobre pieles de plátano! —gritó David.

—¿Quiere probarlo? —dijo Fiona—. Puede tomar prestada la mía si quiere. En realidad yo no estoy deslizándome, estoy apuntando los resultados para hacer un gráfico.

—¿Dónde está el maestro? —preguntó la señora Hinojo.

—Afuera, en la escalera —dijo David—. Quería hacer una buena carrera para romper su propio récord de deslizamiento.

—¿Qué tonterías dices? —dijo la señora Hinojo.

En ese momento escuchamos unas fuertes pisadas.

—¡Aquí llega! —dijo David—. ¡Quítese del medio! ¡Se lo explicaré más tarde!

Pero era demasiado tarde.

La señora Hinojo, estupefacta, se quedó parada con la boca abierta mientras el señor Sesoalegre aparecía corriendo a toda velocidad.

Siguió parada con la boca abierta mientras el señor Sesoalegre saltaba sobre la piel de plátano y se deslizaba heroicamente a través del piso, dirigiéndose hacia ella.

Y seguía parada, con la boca abierta, cuando el señor Sesoalegre chocó contra ella.

Y entonces dejó de estar parada, aunque seguía con la boca abierta.

Ahora volaba por el aire.

Volaba por el aire y... de repente ¡volaba por la ventana!

Capítulo 39

La señora Hinojo se enoja más, quizás más que nunca

El señor Sesoalegre chocó con fuerza contra su mesa y luego cayó al piso.

—Ufff —dijo, despatarrado en el piso—. Por favor, díganme que no choqué con la señora Hinojo y la arrojé por la ventana.

La clase se quedó en silencio.

—¡Oh, cielos! —dijo el señor Sesoalegre, mientras se paraba y se frotaba la frente—. ¡SÍ choqué con la señora Hinojo y la arrojé por la ventana!

Asentimos.

El señor Sesoalegre se asomó a la ventana.

Todos lo seguimos.

Pobre señora Hinojo. Sabía cómo se sentía.

Estaba acostada boca arriba sobre uno de los macizos de flores recién plantados del señor Espada.

—¡Supongo que pensarán que esto es muy chistoso! —gritó.

—Por supuesto que no —gritó el señor Sesoalegre—. ¿Se encuentra bien?

—Sí —dijo la señora Hinojo levantándose del macizo de flores—, ¡pero usted no estará bien cuando acabe con usted!

—Por favor, no me haga daño, señora Hinojo —dijo el señor Sesoalegre—. ¡Fue un accidente! Le podría ocurrir a cualquiera.

—No le haré daño, Sesoalegre —dijo la señora Hinojo—. ¡Pero informaré al director Barbaverde y me aseguraré de que JAMÁS vuelva a trabajar en esta escuela ni en ninguna otra!

Y después de decir eso, la señora Hinojo cruzó el patio hecha una furia hacia la oficina del director Barbaverde.

El señor Sesoalegre se alejó de la ventana y negó con la cabeza.

—¿Trabajar? —dijo—. Nunca trabajé en toda mi vida. Especialmente con esta clase. ¡Esto es lo que yo llamo diversión!

Capítulo 40

La conversación

Después de recoger todas las pieles de plátano y de colocar las mesas y las sillas en orden, tomamos asiento.

—¿Qué creen que le pasará al señor Sesoalegre? —me susurró Jenny.

—No ocurrirá nada —le susurré—. La señora Hinojo descargará su mal humor en la oficina del director Barbaverde, después se tranquilizará, volverá a su clase y todo volverá a la normalidad. No es la primera vez que se enoja con el señor Sesoalegre.

—Ojalá tengas razón, Henry.

El señor Sesoalegre estaba dibujando un plátano enorme en el pizarrón cuando alguien llamó a la puerta.

Era el director Barbaverde. Saludó al señor Sesoalegre.

—Siento interrumpir en mitad de su travesía. Me pregunto si podría echar ancla un momento y acompañarme a la pasarela.

—Desde luego —dijo el señor Sesoalegre, terminando rápidamente el dibujo del plátano—.

Copien este dibujo del plátano en sus cuadernos, por favor. Después, escriban cincuenta palabras describiendo el sabor de su plátano. Vuelvo en un minuto.

El señor Sesoalegre y el director Barbaverde salieron.

El salón se quedó en silencio.

Veía las cabezas del señor Sesoalegre y del director Barbaverde mientras hablaban parados en el pasillo. Pero aunque todos estábamos muy callados, no podía entender lo que decían.

De vez en cuando, sin embargo, el director Barbaverde subía la voz y yo captaba algunas palabras como "no es aceptable", "embarcar o desembarcar", "revisar su posición" y "mantenga el rumbo y aténgase al programa... si no".

El señor Sesoalegre volvió al salón de clases.

—Cierren los cuadernos —dijo suavemente.

—Pero aún no terminé de dibujar mi plátano —dijo Fiona.

—Yo tampoco —dijo David.

—No importa eso ahora —dijo el señor Sesoalegre—. Parece que es muy importante que nos atengamos al programa. ¿Puede alguien decirme qué estarían haciendo normalmente a estas alturas de la semana?

—Un examen de ortografía —dijo Fiona.

El resto de la clase gimió.

—Un examen de ortografía —murmuró para sí el señor Sesoalegre mientras sacudía la cabeza con tristeza—, con todas las cosas increíbles que podríamos hacer... pero... no. Debo atenerme al programa. Muy bien, pues eso es lo que haremos.

—¿Nos examinará sobre eso? —preguntó Fiona.

—Sí —dijo el señor Sesoalegre—. No soy ningún experto, pero creo que esa es la idea general de un examen de ortografía.

—Este es el libro —dijo Fiona, entregándole su libro *La ortografía es divertida*. Estamos en el examen 22.

—*La ortografía es divertida* —dijo el señor Sesoalegre, leyendo en voz alta el título del libro y luego repitiéndolo como si intentara convencerse a sí mismo de que era verdad—. La ortografía ES divertida. La ORTOGRAFÍA es divertida. ¡La ortografía es DIVERTIDA!

No me gustaba ver al señor Sesoalegre así. En un momento nos estaba enseñando cómo deslizarnos sobre la piel de un plátano y al momento siguiente estaba haciéndonos un examen de ortografía.

Miré a Jenny. Tenía razón al estar preocupada.

Fuera lo que fuese que el director Barbaverde le dijera al señor Sesoalegre, desde luego le había deshinchado sus velas.

—¿Están listos? —preguntó el señor Sesoalegre—. La primera palabra es "suéter".

—¿Nos puede decir cómo se escribe? —preguntó Jack.

—Buen intento, Jack —dijo el señor Sesoalegre—, pero creo que la idea de un examen de ortografía es que intentes escribir la palabra tú solo.

—Sí, eso es correcto —dijo Fiona.

—¿Puede poner la palabra en una oración? —dijo David—. La señora Tizarrón siempre lo hacía.

—Por supuesto —dijo el señor Sesoalegre, mirando por la ventana—. Suéter. Hacía tanto frío que me puse el suéter.

Todos escribimos la palabra.

—La siguiente palabra es "cuadro" —dijo el señor Sesoalegre—. Ese cuadro de la pared es muy lindo.

Me pregunté si se refería al cuadro del sistema digestivo o al del interior de una muela con caries. Ninguno me parecía muy lindo.

—"Ansioso" —dijo el señor Sesoalegre, reprimiendo un bostezo—. Estoy ansioso por que este examen de ortografía acabe.

Todos nos reímos. Ese se parecía más al señor Sesoalegre que conocíamos y al que ya queríamos.

—"Pirámide" —dijo el señor Sesoalegre—. ¡Yo participé en la excavación arqueológica que descubrió la pirámide del rey Ajá!

—¿Es eso verdad? —preguntó Gretel.

—Claro que sí —respondió el señor Sesoalegre—. Un verano fui a una excavación arqueológica. Nunca olvidaré la pirámide del rey Ajá. Estaba maldita. Entonces yo no creía en maldiciones. Ahora, sí.

—¿Qué, qué ocurrió? —preguntó Newton.

—Yo formaba parte de una importante expedición internacional —explicó el señor Sesoalegre—. Llevábamos muchas semanas excavando, y entonces, un día, destapé por casualidad la entrada con un solo golpe de mi pico. La tierra cedió bajo mis pies y sin saber qué estaba pasando, me caí por un intrincado sistema de pasillos que conducían directamente a la cámara central de la tumba. ¡Les puedo asegurar que el rey Ajá no se puso muy contento!

—¿El rey Ajá todavía vivía? —preguntó Jack.

—No —dijo el señor Sesoalegre con dramatismo—. Llevaba muerto más de tres mil años... ¡pero sus restos momificados estaban bastante animados! La momia vino hacia mí desde el otro extremo de la cámara como si fuera un tren de carga. Me dio un cabezazo en el estómago y caí boca arriba en el piso y sin aliento. La momia estaba apunto de estrangularme cuando desenvainé la bayoneta y la reduje a un montón de inofensivos vendajes.

—¿Y así terminó todo? —preguntó Jenny.

—Físicamente, sí —dijo el señor Sesoalegre—. Pero la momia aún me visita regularmente en mis sueños para terminar lo que empezó y cumplir la maldición. No me importa demasiado. Me mantiene alerta y mis destreza con la bayoneta es espectacular.

Sin embargo, es una bestia despiadada. Si algún día no vengo a la escuela, sabrán que la momia finalmente me atrapó.

Todos nos quedamos mirando fijamente al señor Sesoalegre.

Bueno, todos excepto Newton que tenía los ojos cerrados con fuerza.

Sonó el timbre de salida.

Nos sobresaltamos.

Newton gritó.

—La clase ha terminado —dijo el señor Sesoalegre.

Salimos del salón de clases lentamente, con la cabeza llena de momias enfurecidas.

Capítulo 41

La reunión

—¿Creen que decía la verdad? —preguntó Gretel. Estábamos parados frente a las casillas.

—No puedes inventarte algo así —dijo Jack—. Fue realmente siniestro.

—Ya lo creo —dijo Newton—. No sé si podré dormir esta noche, ni mañana. Seguramente no dormiré en toda la semana.

—Debe de ser verdad —dijo Jenny—. Es un maestro. Los maestros no dicen mentiras. Bueno, al menos no deben decirlas.

—Tampoco deben caerse por la ventana del salón de clases —dijo Gretel—. Pero Él lo hizo. ¿Tú qué crees, Henry?

—Creo que debemos pedirle que nos ayude a buscar el tesoro —respondí.

—¿Estás bromeando? —dijo Jack—. Es un maestro. Está del lado de ELLOS. No nos dejará quedárnoslo.

—Por si no te diste cuenta, el señor Sesoalegre no es igual que los demás maestros —dije—. Incluso cuando intenta serlo, no lo consigue por mucho tiempo.

Y no olviden que, a pesar de todo nuestro esfuerzo, no tenemos el tesoro, ni ninguna garantía de que algún día lo tendremos. El señor Sesoalegre participó en una excavación arqueológica. ¡Descubrió una tumba! ¡Es nuestra mejor oportunidad!

—Tienes razón, Henry —dijo Jenny—. Isla Calavera no será nuestra para siempre. Tarde o temprano, Fred se dará cuenta de que le dimos un mapa falso y entonces volverá.

—Y estará furioso —dijo Newton—. ¡Quizás incluso más que la momia del rey Ajá!

—Estoy de acuerdo con Henry —dijo Gretel—. Que levanten la mano todos los que estén a favor de pedirle al señor Sesoalegre que nos ayude a encontrar el tesoro.

Todos, menos Jack, levantaron la mano.

—Lo siento, Jack —dijo Gretel—. Perdiste.

Jack se encogió de hombros.

—No digan que no les avisé —dijo.

Capítulo 42

Pregúntale a un experto

Gretel, Jenny, Newton, Jack y yo volvimos al salón de clases.

El señor Sesoalegre estaba sentado en su mesa, con la mirada perdida en el infinito.

—Señor Sesoalegre, ¿se encuentra bien? —dije.

—¡Perfectamente! —dijo el señor Sesoalegre—. Estaba escuchando.

—Escuchando ¿qué? —preguntó Jenny.

—¡Todo!

Escuchamos.

—No escucho nada —dijo Jenny.

—Escucha con más atención —dijo el señor Sesoalegre.

—Oigo un carro —dijo Gretel.

—Y yo un pájaro —dijo Newton.

—Y el viento —dijo Jack.

—Y un perro ladrando —dije yo.

—Muy bien —dijo el señor Sesoalegre—. Siempre hay algo nuevo. Ahora, ¿a qué debo el honor de esta visita?

—Necesitamos su ayuda —dije—, con algo muy antiguo.

—Estaré encantado de ayudarlos —dijo el señor Sesoalegre—. ¿Cuál es el problema?

—¿Sabe guardar un secreto?

—Por supuesto —dijo el señor Sesoalegre.

—¿Lo jura por su honor, y si no, que se muera o se clave una aguja en el ojo que le cause mucho dolor?

—Bueno, no me importa jurar por mi honor, pero no me gusta tanto la idea de morirme ni de clavarme una aguja.

—Está bien —dije—. Con eso es suficiente. Es sobre un tesoro, un tesoro enterrado.

—Ah —dijo el señor Sesoalegre—, muy interesante. ¿Y dónde está ese tesoro enterrado?

—Ese es el problema —respondí—. No lo sabemos exactamente, pero sabemos que está en el recinto de la escuela.

—¿Tienen alguna idea de dónde? —preguntó el señor Sesoalegre.

—En algún lugar de ese montículo —dije, señalando a la ventana.

—Ya veo —dijo el señor Sesoalegre—. Bueno, eso nos deja un campo de búsqueda bastante manejable. Pero díganme, ¿cómo descubrieron que había un tesoro?

Le conté al señor Sesoalegre la historia completa. Le conté todo lo que el director Barbaverde me había contado a mí sobre sus esfuerzos para encontrar el tesoro. Incluso le enseñé la llave.

Cuando acabé mi relato, los ojos del señor Sesoalegre brillaban.

—No se preocupen —dijo—. Déjenme a mí. Si de verdad hay un tesoro, lo encontraremos... ¡como que me llamo Tadeo Harold Sesoalegre!

Capítulo 43

Preparación

A la mañana siguiente, el señor Sesoalegre no vestía su habitual chaqueta morada.

Ni su camisa anaranjada.

Ni su corbata púrpura.

Llevaba unos pantalones cortos y una camisa caqui, un sombrero de explorador y un par de botas polvorientas color café. Junto a su mesa había un montón de palas pequeñas, picos y palas más grandes. A su lado había varios montones de estacas de madera y varios ovillos de hilo.

—Oh, no —dijo Fiona—, parece que el señor Sesoalegre también atrapó la fiebre del tesoro.

—Buenos días, salón 5C —dijo el señor Sesoalegre—. Espero que todos hayan desayunado bastante porque tenemos una importante mañana por delante. ¿Cuántos de ustedes estuvieron alguna vez en una excavación arqueológica?

Todos negamos con la cabeza.

—¿Excavar buscando un tesoro cuenta? —preguntó David.

—Podría contar —dijo el señor Sesoalegre—, pero a menudo lo que los arqueólogos buscan no es lo que nosotros consideramos un "tesoro". Ellos buscan objetos de la vida cotidiana que nos ayuden a construir una imagen de cómo vivió la gente en el pasado. En ese sentido, un pedazo de algo que quizás para ustedes es una baratija, como un trozo descascarillado de cerámica, para ellos es un tesoro.

—Yo prefiero encontrar un tesoro que estúpidos trozos descascarillados de cerámica —dijo Clive.

—La cuestión es, sin embargo, que nunca sabes lo que encontrarás —continuó el señor Sesoalegre—. Por eso es tan emocionante. Sé que todos ustedes estuvieron buscando esta semana un tesoro enterrado, así que pensé que sería una oportunidad ideal para enseñarles algunos trucos de esta ocupación. ¿Qué les parece?

La clase asintió con entusiasmo.

Y no es que nadie quisiera encontrar trozos de cerámica.

Todos teníamos una sola cosa en la mente.

El tesoro enterrado.

Un tesoro enterrado como debe ser.

La única persona que no asentía con entusiasmo era Jack.

—¡Les dije que no debíamos decírselo a un maestro! —dijo—. Ahora tendremos que compartirlo con el resto de la clase.

—Bueno, de todas formas ya lo estaban buscando —dijo Gretel.

—Sí, pero no en el sitio correcto —dijo Jack—. No lo hubieran encontrado.

—Nosotros tampoco —dije—. Compartir ALGO siempre será mejor que no tener nada que compartir.

—Henry tiene razón, Jack —dijo Jenny—. No seamos codiciosos. Además, si este tesoro es la mitad de valioso de lo que creemos, habrá más que de sobra para repartir.

—Lo que tú digas —dijo Jack encogiéndose de hombros.

—Ahora haremos esto de forma sistemática —dijo el señor Sesoalegre—. Empezaremos dividiendo el montículo en veinticinco cuadrados iguales. Cada uno de ustedes tendrá un cuadrado, aproximadamente tres pasos de largo por cada lado. Quiero que cada uno de ustedes agarre cuatro estacas de madera, un poco de hilo y un pico o una pala. ¡Nos reuniremos en el montículo!

Capítulo 44

La gran excavación

Jenny, Gretel, Jack, Newton y yo corrimos a buscar el equipo para poder ser los primeros en reclamar el área donde ya habíamos estado cavando.

Me parecía que si alguien merecía ese tesoro, ese alguien éramos nosotros.

Cada uno de nosotros midió su cuadrado y ató hilo a las estacas para marcarlo con claridad.

—¿Qué hacemos ahora? —dijo David desde su cuadrado.

—Limpiar la tierra —dijo el señor Sesoalegre—. Después de examinar la superficie pueden empezar a cavar. Pero háganlo con cuidado. El truco es no destruir lo que estamos buscando.

—¿Y si encontramos una momia? —preguntó Newton con nerviosismo.

—Bueno, en ese caso deben DESTRUIRLA —dijo el señor Sesoalegre con tono siniestro—. Destrúyanla antes de que ella los destruya a ustedes.

—No quiero hacer esto —dijo Newton.

—Está bromeando, Newton —dije.

—No bromeo —dijo el señor Sesoalegre.

—En realidad sí bromea —le susurré a Newton.

Newton no parecía muy seguro. Movió su pico con pocas ganas.

Todos los demás cavaban sin parar. Bueno, cuando digo "cavar" quiero decir que atacaban su cuadrado de tierra con cada onza de energía que tenían.

No era una excavación arqueológica ordenada, sino más bien un completo caos.

El aire estaba lleno de picos, palas y tierra volando.

—Tengan cuidado —gritó el señor Sesoalegre por encima del alboroto—. ¡No olviden tener cuidado!

Pero sus palabras se perdieron en el frenesí de la búsqueda del tesoro.

Clive machacaba su trozo de tierra con un pico.

Gretel cavaba con tanta fuerza y determinación que una excavadora habría tenido problemas para mantener su ritmo.

Fiona, de rodillas, arrojaba tierra por encima de su hombro con una pequeña pala. La tierra llovía sobre David, pero este estaba tan concentrado en la excavación de su propio agujero que no se daba cuenta o no le importaba.

Gina y Penny eran las únicas que no cavaban. Estaban demasiado ocupadas trotando sobre sus caballos imaginarios, usando el hilo para saltar.

Una cosa era segura.

Si HABÍA un tesoro enterrado, el salón 5C lo encontraría.

Que el tesoro sobreviviera a la excavación... bueno, eso era otra cuestión. Pero desde luego lo ENCONTRARÍAMOS.

Vi a los estudiantes de otras clases mirándonos con envidia desde la ventana.

Todos los estudiantes de Central Noroeste Sureste habían pasado cada minuto en el patio buscando el tesoro, pero nosotros éramos los únicos afortunados que podíamos buscarlo durante la hora de la clase.

Este hecho no le pasó desapercibido a la señora Hinojo, que enseguida apareció subiendo el montículo a toda marcha.

—¿Qué demonios está pasando aquí? —aulló.

—Es una excavación arqueológica —dijo el señor Sesoalegre.

—¿Una excavación arqueológica? —dijo la señora Hinojo—. ¡Pero la arqueología no está en el plan de estudios de quinto grado!

—¡Ahora sí! —dijo el señor Sesoalegre.

La señora Hinojo negó con la cabeza.

—¡No debería destrozar el terreno de la escuela de esta manera! —dijo—. No está bien.

—No estamos excavando en los terrenos de la escuela —dijo el señor Sesoalegre—. ¡Estamos realizando una excavación arqueológica!

—¡No me importa cómo lo llame! —dijo la señora Hinojo—. A mí me parece una destrucción gratuita. Y no solo me lo parece a mí. Las innumerables excavaciones de la semana pasada disgustaron tanto al pobre señor Espada que tuvo que quedarse en casa por estrés. Tenía que haberme imaginado que usted estaba detrás de todo esto.

—Lo volveremos a rellenar cuando terminemos —dijo el señor Sesoalegre.

—Ya terminó, Sesoalegre —dijo la señora Hinojo—. ¡Le doy a usted y a su clase quince minutos para rellenar los agujeros, recoger toda su basura y dejar este montículo EXACTAMENTE como estaba! Si no, tendré que informar al director Barbaverde de esta desviación del plan de estudios... ¡y ya sabe QUÉ significa eso!

Y sin más, la señora Hinojo se dio la vuelta y bajó furiosa el montículo.

El señor Sesoalegre se encogió de hombros.

Tenía la misma cara triste que cuando el director Barbaverde lo reprendió en el pasillo el día anterior.

—Escuchen, me temo que tendremos que dejar nuestra excavación aquí —dijo en voz baja—. ¿Podrían por favor empezar a rellenar...?

—¡Encontré algo, señor! —dijo Gretel.

El cuadrado de Gretel estaba justo a mi lado. Miré el agujero que había cavado: era el doble de profundo que el mío. En el fondo apenas pude vislumbrar la forma cuadrada de un cofre.

El señor Sesoalegre se acercó.

—¿Qué encontraste, Gretel? —preguntó.

—Bueno, estaba excavando y mi pala sonó ¡clong! Creo que ahí hay algo.

El señor Sesoalegre se tumbó sobre su estómago, apartando la tierra con la mano.

—Creo que tienes razón —dijo con emoción—. Pero dado el ultimátum de la señora Hinojo, nos llevaría mucho tiempo excavar a mano. Tengo exactamente la herramienta que necesitamos en mi auto. ¡Vuelvo enseguida!

Capítulo 45

La taladradora

Lo que ocurrió a continuación suena un poco disparatado, pero juro que es la verdad.

El señor Sesoalegre volvió con una taladradora.

A ver, no estoy seguro de cuántas personas o maestros llevan en el auto una taladradora, pero estaba claro que el señor Sesoalegre era uno de ellos.

Y tampoco estoy seguro de cómo el uso de una taladradora cumplía las instrucciones del señor Sesoalegre sobre llevar a cabo una excavación arqueológica con EXTREMO cuidado. Pero bueno, supongo que se nos acababa el tiempo.

La señora Hinojo nos había dado quince minutos, pero excavar el cofre con cuidado tardaría mucho más.

—¡Guau! ¿Es eso una taladradora de una fase? —preguntó Grant, claramente impresionado.

—Sí —dijo el señor Sesoalegre, mientras la bajaba por el agujero—. Es pequeña, pero hace su trabajo. Échense atrás todos y tápense los oídos. Es un poco ruidosa.

Decir que era "un poco ruidosa" es quedarse corto. Era MUY ruidosa. Cuando el señor Sesoalegre la encendió, no solo la oímos, ¡también la sentimos!

La tierra se estremeció.

Nuestros pies, piernas, cuerpos y brazos vibraron.

Nuestros dientes castañetearon.

¡Y el sonido era impresionante!

Nunca imaginé que una máquina tan pequeña pudiera crear tanta conmoción.

El sonido me hacía daño incluso con las manos apretadas contra mis oídos.

El señor Sesoalegre y su taladradora de una fase formaban una imagen borrosa que vibraba en el medio de una nube de polvo.

Y entonces apareció la señora Hinojo.

—¡Ya basta, Sesoalegre! —aulló con un tono agudo tan alto que se oyó por encima del ruido de la taladradora.

Incluso el señor Sesoalegre la oyó.

Apagó la taladradora.

—Un par de minutos más y habré terminado —suplicó.

Pero la señora Hinojo no cedió.

—No, ya ha terminado. ¡Ha terminado AHORA MISMO!

—Pero señora Hinojo —dijo el señor Sesoalegre—, ¡estoy tan cerca!

—Está más que cerca —dijo la señora Hinojo—. ¡Fue DEMASIADO LEJOS! Yo intento dar clase y usted ha convertido la escuela en una obra. ¡Perdió su última oportunidad! Me aseguraré de que jamás vuelva a enseñar en esta escuela, si es que "enseñar" es la palabra correcta para describir las extrañas actividades con las que le hace perder el tiempo a su clase.

La señora Hinojo bajó el montículo con paso firme, pero no caminó hacia su clase.

¡Se dirigió a la oficina del director Barbaverde!

Capítulo 46

Adiós, señor Sesoalegre

El señor Sesoalegre sacudió la cabeza con tristeza y salió del agujero.

—Creo que nuestro trabajo aquí terminó por hoy —dijo—. Lo siento, chicos. ¡Tan cerca y tan lejos!

—No importa —dijo Jenny—. Al menos lo intentamos. Lo intentamos lo mejor que pudimos.

—Es cierto —dijo el señor Sesoalegre.

Los altoparlantes de la escuela cobraron vida.

—Señor Sesoalegre, por favor pase por la oficina del director Barbaverde inmediatamente —anunció la voz de la señora Espinosa—. ¡Señor Sesoalegre, acuda INMEDIATAMENTE a la oficina del director Barbaverde!

La señora Espinosa no era más agradable por el micrófono que en persona.

—Clase de quinto —dijo el señor Sesoalegre—, si no vuelvo quiero que sepan que disfruté un montón el tiempo que pasé con ustedes. He aprendido mucho y los extrañaré a todos.

—Pero ¿qué dice? —dijo Gretel—. ¡Usted volverá! Solo va a la oficina del director.

—Creo que debemos enfrentarnos a los hechos —dijo el señor Sesoalegre—. Y el hecho es que la señora Hinojo la tiene tomada conmigo.

—¡Nadie le hace caso! —dijo Jack—. Es una vieja que se mete en todo.

—El director Barbaverde sí la escucha, Jack —dijo el señor Sesoalegre—, y me temo que me hará caminar sobre la plancha.

—¡Cielos! —dijo Newton.

—Es una manera de hablar —dijo el señor Sesoalegre, dándole una palmadita en el hombro.

—Como una de las delegadas de la clase —carraspeó Fiona— y en nombre del salón 5C, me gustaría decir que disfrutamos mucho teniéndolo de maestro. Y también creo que aprendimos mucho.

—¡Eso, eso! —dijo David.

Gretel se adelantó y estrechó la mano del señor Sesoalegre.

El rostro del señor Sesoalegre se contrajo como si estuviera a punto de echarse a llorar.

—Gretel, ¿puedes soltarme la mano? ¡Me la estás aplastando! —dijo.

—Lo siento, señor —dijo ella.

—No importa, Gretel —dijo él—, es solo que tienes un apretón de manos muy fuerte.

El señor Sesoalegre empezó a bajar el montículo.

Todos nos quedamos en silencio.

No sabíamos qué decir.

Al pie del montículo, se volvió y nos saludó con la mano.

—¡No olviden cómo respirar! —gritó—. ¡Pero cuidado con la ventana!

Yo nunca lloro (bueno, casi nunca), pero no me importa admitir que tuve que reprimir las lágrimas. Jenny sollozaba. Estábamos viendo al mejor maestro que jamás habíamos tenido alejarse de nosotros.

No me malinterpreten. La señora Tizarrón nos gustaba, pero al señor Sesoalegre lo QUERÍAMOS.

Y lo peor es que era culpa mía que se marchara. Si yo no lo hubiera animado a buscar el tesoro, nunca habría organizado una excavación arqueológica, y si no hubiera organizado una excavación arqueológica, Gretel no habría encontrado el cofre del tesoro, y si Gretel no hubiera encontrado el cofre del tesoro, entonces el señor Sesoalegre no habría traído la taladradora, y si el señor Sesoalegre no hubiera traído la taladradora, entonces la señora Hinojo no se habría enojado tanto, y si la señora Hinojo no se hubiera enojado tanto, no habría ido a la oficina del director Barbaverde, y el director no habría llamado al señor Sesoalegre a su oficina y entonces... entonces... y entonces tuve una idea. Una idea GENIAL.

Capítulo 47

Una idea genial

Salté al agujero y empecé a excavar.

Gracias a los esfuerzos del señor Sesoalegre, se veía ya la mitad superior de un cofre de madera. Aún no se podía sacar, pero no haría falta excavar mucho más para lograrlo.

—¿Qué haces, Henry? —gritó Jenny—. ¿Cómo puedes seguir excavando en un momento como este? ¡Estamos a punto de perder al mejor maestro que jamás tuvimos y solo te importa un viejo y estúpido tesoro! ¿Es que no tienes sentimientos?

—No —respondí—, ¡no lo entiendes! Tenemos que sacar el tesoro. ¡Es nuestra única esperanza!

—¿De qué? —dijo Jenny—. ¿De hacernos ricos?

—No —respondí—. De salvar al señor Sesoalegre.

—¿Cómo? —dijo Gretel.

—No puedo explicarlo ahora —dije, mientras seguía cavando a toda velocidad—. No hay tiempo. ¡Ayúdenme a sacar el tesoro!

—¡Apártate, MacTrote! —dijo Gretel—. ¡Puedo cavar más rápido que tú!

Salté fuera del hoyo y Gretel se metió adentro.

Armada con un pico, no tardó mucho. Unos momentos más tarde sostenía en las manos un pequeño cofre de madera con tierra incrustada. En la tapa tenía una calavera sonriente. No podía culpar a la calavera por sonreír. Yo también sonreiría si alguien, después de pasar años enterrado, me rescatara. (Aunque después de estar enterrado todos esos años probablemente no sonreiría en absoluto porque estaría muerto, así que olvida mi último comentario).

—¡Guau! —dijo Jack, genuinamente admirado de Gretel—. ¡Fuiste casi tan rápida como la taladradora del señor Sesoalegre!

—¿Casi? —dijo Gretel—. ¡Aún no vi una taladradora que me gane!

Me entregó el cofre.

—¿Cómo salvará esto al señor Sesoalegre? —preguntó, todavía jadeando por el esfuerzo de la excavación.

—Bueno, el tesoro perteneció originalmente al director Barbaverde —expliqué—. ¡Supongo que si le damos el tesoro, se alegrará tanto de recuperarlo que no despedirá al señor Sesoalegre!

—¡Qué idea tan genial, Henry! —exclamó Jenny.

—Primero abrámoslo y comprobemos que el tesoro está dentro —dijo Jack—. El director Barbaverde se enojará más si le devolvemos, después de todos estos años, el cofre del tesoro vacío.

—Bien pensado, Jack —dijo Jenny—. No queremos empeorar la situación.

—No hay problema —dije—. Tengo la llave aquí mismo.

Me metí la mano en el bolsillo y la saqué.

La calavera sonriente de la llave era exactamente igual a la calavera sonriente de la caja.

Estaba a punto de meter la llave en la cerradura cuando Newton sopló su silbato.

Sonaba casi tan fuerte como la taladradora del señor Sesoalegre.

—¿Qué haces, Newton? —preguntó Jack.

—¡Peligro! —chilló Newton.

—¿Qué peligro? —dijo Jack.

—¿Y si el tesoro tiene una maldición y las momias empiezan a atacarnos en nuestros sueños?

—No te preocupes, Newton —dijo Jack—. Si intentan algo, sopla el silbato. ¡Eso las detendrá!

—Las momias no pueden oír —dijo Fiona—. Tienen vendas por encima de las orejas, ¿recuerdas?

—Creo que el silbato de Newton atravesará unas viejas vendas —dijo Jack.

—De todas formas, no pasará nada —dije—. Estás mezclando un tesoro pirata con un tesoro egipcio. Son dos cosas completamente diferentes.

—Claro que sí —dijo Jenny—. Henry tiene razón. No hay que preocuparse por las momias, Newton.

Metí la llave en la cerradura.

Y la giré.

Bueno, INTENTÉ girarla, pero no se movió.

—¡No funciona! —dije.

—TIENE que funcionar —dijo Jenny.

—Pues no funciona —dije.

—No se preocupen —dijo Grant—. Déjenme intentarlo. Tengo una llave maestra digital. Lo abre todo. Es nueva, mi papá la inventó anoche.

Jack puso cara de desesperación.

—Merece la pena intentarlo —dije.

Grant sacó un tubo blanco brillante que parecía más una linterna que una llave. La colocó sobre la cerradura y apretó un botón. Hizo una serie de bips y clics. Se iluminó con un resplandor rojo. Luego empezó a salir humo.

—Grant... —dijo Jack.

—Ya casi termino —dijo.

—¿Se supone que debe salir humo de la punta? —preguntó Jack.

—No lo sé —dijo Grant—. Nunca la usé antes.

—Parece que va a explotar —dijo Jack.

De repente la llave maestra digital de Grant explotó.

—Odio decirlo, pero lo dije —dijo Jack—. Lo dije.

—Quizás la cerradura es demasiado vieja —dijo Grant.

—Y quizás —dijo Jack—, podría ser, solo podría ser que la llave maestra digital no funcione.

—¡Imposible! —respondió Grant—. ¡La inventó mi papá!

—¡Exacto! —dijo Jack.

—Ya basta, Jack —dijo Gretel—. Esto no nos ayuda a abrir el cofre. Lo que necesitamos es la vieja fuerza bruta no digital. ¡Atrás! ¡Este es un trabajo para un-solo-puñetazo!

Gretel se remangó. Cerró el puño, tomó aire y entonces dio un fuerte golpe sobre la tapa de la caja.

Pero increíblemente, a pesar del poderoso puño de Gretel, que era tan fuerte como para derribar a alguien de un solo puñetazo, el cofre no se rompió.

El puño de Gretel rebotó.

—¡Auu! —dijo, sacudiendo la mano—. ¡Vaya cofre tan duro!

Todos miramos el cofre.

La sonrisa de la calavera parecía más amplia que antes. Era como si disfrutara ante nuestros desesperados intentos de abrir la cerradura.

Se nos acababa el tiempo.

Si no abríamos el cofre, ¡perderíamos el mejor maestro que jamás habíamos tenido!

Entonces, Jenny sonrió.

—¡Ya lo tengo! —dijo mientras se quitaba su insignia con la carita feliz y se ponía de rodillas. Empezó a hurgar en la cerradura con el alfiler de la insignia.

—¿Intentas abrir la cerradura? —pregunté.

—No —dijo—. La estoy limpiando. La cerradura no abre porque está atascada con tierra.

Siguió hurgando, sacudiendo el alfiler arriba y abajo.

—Ya está limpia. Ahora intenta abrir con la llave de nuevo, Henry.

Me arrodillé.

Metí la llave...

Y la giré...

y...

la cerradura hizo clic.

¡El cofre estaba abierto!

Estaba a punto de levantar la tapa, cuando Newton sopló su silbato de nuevo.

—¡Newton! —dije—. ¡Deja de soplar ese estúpido silbato! ¡Ya te dije que no hay ninguna maldición!

Pero Newton no intentaba advertirme de ninguna maldición.

Era peor.

Capítulo 48

La venganza de Fred

Dos manos aparecieron por encima de mi hombro y agarraron el cofre.

—Yo lo guardaré, muchas gracias —dijo una voz familiar.

Levanté la mirada.

Era Fred.

—Ese tesoro es nuestro —dije—. NOSOTROS lo encontramos.

—Y yo se lo agradezco muchísimo —dijo Fred—. Pero no debería tener que recordarte que yo soy el propietario legal de este cofre y de su contenido. Hicimos un trato, ¿recuerdas?

—Eso fue solo por el mapa —dije—. El trato era que yo te daría el mapa y tú no me retorcerías el cuello hasta que mi cabeza estallara como una espinilla. En ese trato no estaba incluido el tesoro.

—Sí, pero tú me engañaste —dijo Fred, abrazando la caja contra su pecho—. Tú me diste un mapa falso, así que el trato ya no vale y el tesoro es mío.

—Eso no tiene ningún sentido —dijo Fiona—. ¡No es justo ni razonable! Y de todas formas, ¿qué haces aquí? ¿No deberías estar en clase?

—La señora Hinojo fue a la oficina de Barbaverde y me dejó al frente de la clase —respondió Fred—. Y yo me di a mí mismo permiso para venir aquí.

—Pero eso significa que no quedó nadie a cargo de la clase —dijo Fiona—. Si quieres saber mi opinión, eso me parece una conducta bastante irresponsable.

—Pero resulta que nadie te pidió tu opinión, ¿verdad? —dijo Fred, mirando fijamente a Fiona—. ¿Qué tal si te ocupas de tus asuntos o tendré que retorcer TU cuello hasta que TU cabeza estalle? ¿Te parece eso justo y razonable?

—Suena perfectamente justo y razonable —dijo Fiona, retrocediendo.

—No, a mí no me lo parece —dijo Gretel—. Danos el tesoro, Durkin... ¡o te arrepentirás!

—No —dijo Fred fríamente—. TÚ serás quien se arrepienta. ¿Quieres que te recuerde que te lastimaste la mano con el cofre? Lo oímos desde la clase. No darás ningún puñetazo por una temporada.

—¡Maldición! —dijo Gretel, acariciándose la mano dolorida.

—Bien dicho, Fred —dijo Clive.

—Muy bien —dijo Fred—. Ahora que ya está todo arreglado, veamos exactamente qué tiene mi tesoro.

A pesar de lo poco que nos gustaba Fred y de lo mucho que le temíamos, toda la clase no pudo evitar arremolinarse a su alrededor.

Fred respiró hondo y levantó la tapa.

Capítulo 49

Qué ESPERÁBAMOS ver en el cofre del tesoro

1. oro
2. rubíes
3. esmeraldas
4. diamantes
5. pulseras
6. monedas
7. collares de perlas
8. anillos
9. dagas y copas de metal con incrustaciones de piedras preciosas
10. monedas de reales (sean lo que sean)

Capítulo 50

Qué vimos EN REALIDAD en el cofre del tesoro

1. una canica
2. una piedra
3. un lápiz
4. un yo-yo
5. un diente de tiburón
6. una pata de conejo
7. un parche de ojo negro
8. un anillo de plástico
9. una insignia de alguacil de hojalata
10. una tarjeta de béisbol

Capítulo 51

Cómo faltarle el respeto a un Durkin

Fred arrojó el cofre al suelo.

—Esto no es ningún tesoro —chilló—. ¡Es solo un montón de basura sin valor! ¡Eres un idiota, MacTrote!

—¡No es culpa mía! —dije—. ¡Yo no lo enterré! Y yo no te pedí que me lo robaras. Si hay alguien idiota...

—Henry —dijo Jenny—, mi mamá dice que si no puedes decir algo bueno de una persona, es mejor que no digas nada.

La mamá de Jenny tenía razón, claro, pero ya era demasiado tarde. Las palabras salieron de mi boca antes de que me diera tiempo a cerrarla.

—¡Ese eres TÚ! —grité.

Oh, no.

—¡Se acabó! —dijo Fred enfurecido—. ¡Te enseñaré lo que pasa cuando le faltas el respeto a un Durkin!

Y se lanzó contra mí.

Yo me encogí.

Pero él nunca llegó.

Newton le puso una zancadilla. Fred se tropezó, dio un traspiés y cayó de cabeza en el agujero donde había estado enterrado el tesoro.

Toda la clase gritó de alegría.

—¡Bien hecho, Newton! —dije.

—¡Le diré a mi hermano que dijiste eso! —dijo Clive.

—Ya lo SÉ, estúpido —chilló Fred—. ¡Ayúdame a salir de aquí!

—No era mi intención —dijo Newton con cara de terror—. ¡Fue un ACCIDENTE!

—Los accidentes ocurren —dije—. ¡No te preocupes!

Miré el tesoro de Barbaverde en el suelo.

Quizás pareciera basura, pero considerando lo que se emocionaba mi papá cuando conseguía una de las tarjetas de béisbol que coleccionaba cuando era chico, pensé que había muchas probabilidades de que el director Barbaverde sintiera lo mismo al ver todas esas cosas del cofre.

—¡Vamos! —les dije a Gretel, Jack, Jenny y Newton—. Ayúdenme a recoger todo esto. Tenemos que ir a la oficina de Barbaverde. ¡Rápido!

Capítulo 52

Al rescate

Recogimos el tesoro del suelo, lo pusimos de nuevo en el cofre y corrimos lo más rápido que pudimos a la oficina del director Barbaverde.

Cuando entramos en la recepción, oímos gritos que provenían de la oficina del director Barbaverde.

Deseé que no llegáramos demasiado tarde.

La señora Espinosa estaba en el mostrador.

—¿Dónde creen que van todos ustedes? —dijo mientras nos perforaba con su mirada láser. Pero esta vez, su mirada no me asustó. Si debíamos salvar al señor Sesoalegre, no había tiempo que perder asustándose.

—¡Se lo explicaré más tarde! —dije, dirigiéndome derecho a la oficina del director Barbaverde.

—¡Ah, no, de eso nada! —dijo la señora Espinosa, mientras salía de detrás del mostrador y bloqueaba la puerta de la oficina del director con los brazos extendidos—. ¡Me lo explicarán ahora!

—Cuando termine de explicarle podría ser demasiado tarde —dije—. ¡Déjenos pasar, por favor, por favor!

Pero la señora Espinosa negó con la cabeza.

—Nadie entra ni sale de la oficina del director sin mi permiso. ¡Especialmente una pandilla de sucios y desaliñados niños que ni siquiera tienen cita!

—¿Así que no nos dejará pasar? —dije.

—¡No! —respondió la señora Espinosa con firmeza—. ¡Y no me hagan perder más el tiempo preguntándolo!

—No somos nosotros los que hacen perder el tiempo —dije—. ¡Es usted!

—¿Cómo te atreves a acusarme de hacer perder el tiempo? —dijo la señora Espinosa boquiabierta—. ¡En toda mi vida jamás perdí mi tiempo ni el de nadie!

—Lo siento, señora Espinosa —dije—, pero en este caso eso es exactamente lo que usted está haciendo. ¿Gretel? ¿Podrías por favor quitar a la señora Espinosa de la puerta?

—Desde luego —dijo Gretel, extendiendo los brazos.

—¡Ni lo piense, señorita! —advirtió la señora Espinosa.

Pero Gretel se limitó a sonreír.

Envolvió a la señora Espinosa con su poderoso abrazo y después, levantándola como si no pesara más que una muñeca, la colocó detrás del mostrador de recepción.

La señora Espinosa se quedó tan sorprendida que no protestó.

—Ustedes entren —dijo Gretel, colocándose delante de la puerta para que la señora Espinosa no pudiera entrar—. Yo esperaré aquí.

—Chicos, se metieron en un TREMENDO lío —dijo la señora Espinosa.

—Eso ya lo veremos —dije, mientras abría la puerta.

Capítulo 53

La devolución del tesoro

Nos amontonamos en la oficina del director Barbaverde.

El señor Sesoalegre y la señora Hinojo estaban parados frente a la mesa del director Barbaverde, de espalda a nosotros.

La señora Hinojo gritaba.

—¡Sencillamente no puedo dar clase mientras él siga en la escuela! Especialmente con todas estas excavaciones. Es perjudicial y extremadamente peligroso. ¡Se marcha él o me marcho yo!

La señora Hinojo respiró hondo y estoy seguro de que hubiera seguido quejándose si no hubiera sido porque el director levantó la mano.

—Disculpe, señora Hinojo —dijo, mientras concentraba su atención en nosotros—. ¿Por qué irrumpen aquí sin ser anunciados?

Jenny, Jack, Newton y yo nos pusimos firmes y saludamos.

La señora Hinojo y el señor Sesoalegre giraron sobre sus talones, sorprendidos.

—Sentimos mucho la interrupción, señor director —dije—, pero pensamos que querría ver esto.

Me adelanté y coloqué el cofre sobre la mesa. Luego levanté la tapa y di un paso atrás.

El director Barbaverde se quedó mirando el tesoro.

La señora Hinojo se quedó mirando el tesoro.

El señor Sesoalegre nos miró con una sonrisa radiante.

—¡Mi tesoro! —dijo el director Barbaverde—. ¡Mi parche de pirata y mi diente de tiburón! ¡Pensé que nunca los volvería a ver!

Yo tenía razón. La gente mayor se emociona mucho con las cosas de su infancia.

Por ahora, todo iba bien. Mi plan estaba funcionando a la perfección.

—Pero ¿cómo lo encontraron? —dijo el director Barbaverde sacudiendo la cabeza con incredulidad.

—Fue idea del señor Sesoalegre —dije rápidamente—. Le conté que había un tesoro enterrado y a él, que es un arqueólogo experto, se le ocurrió la idea de realizar una excavación arqueológica en toda regla para encontrarlo.

—Pero ¿cómo supieron dónde buscar?

—La pista estaba en la nota —dije—. No podía dejar de pensar en la frase que decía "Cavarás mil y una noches..." hasta que recordé un libro: *Las mil y una noches*. Así que fuimos a la biblioteca a buscarlo.

—Sí —dijo Jenny con excitación—, y encontramos el relato de un hombre que va en busca de un tesoro y luego descubre que está enterrado en el lugar de donde salió, en su propio jardín.

El director Barbaverde frunció el ceño, intentando comprender lo que le estábamos contando.

—Entonces, ¿dónde estaba el tesoro?

—Exactamente donde ustedes lo enterraron —dije—. Siempre estuvo en Isla Calavera.

El director Barbaverde se dio una palmada en la frente.

—¡Por supuesto! ¡Es genial! —dijo.

La señora Hinojo hizo un extraño sonido con su garganta.

La miré, esperando verla enojada.

Pero no parecía enojada. Parecía asustada.

El director Barbaverde empezó a examinar el cofre.

—¡Qué cofre tan magnífico! —dijo, sosteniéndolo y mirándolo por todos lados—. Habría dado cualquier cosa por tener uno tan bueno como este. Me pregunto a quién pertenecería. Supongo que a la persona que robó nuestro tesoro. Esperen. ¡Miren! En el fondo están grabadas las letras W. S.

Se quedó sentado, mirando al infinito, repitiendo las letras W S para sí, como si estuviera a punto de recordar algo muy importante.

La señora Hinojo parecía cada vez más disgustada. Estaba completamente colorada y en la frente le nacían perlas de sudor.

—¡Wendy Smith! —gritó de repente el director Barbaverde.

Fijó la mirada en la señora Hinojo, que retrocedía hacia la puerta.

—¡Fuiste TÚ! —dijo—. ¡Tú eres la canalla que robó nuestro tesoro!

El señor Sesoalegre miró al director Barbaverde, luego a la señora Hinojo y de nuevo al director.

—Pero ¿cómo puede ser? —dijo—. Sus iniciales son W. H.

—No siempre se llamó Hinojo —proclamó el director Barbaverde—. Hinojo es su nombre de casada. Antes de casarse se llamaba Wendy Smith y sus iniciales eran W. S.

Capítulo 54

La señora Hinojo se escapa

La puerta se cerró de golpe.

La señora Hinojo se había ido.

—¡Lo sabía! —dijo Jack—. Siempre supe que había algo sospechoso en la señora Hinojo.

—¿De verdad? —dijo Jenny—. ¡Eres tan listo, Jack! Yo nunca sospeché nada.

—Es curioso que nunca dijeras nada —le dije a Jack.

—Tú nunca preguntaste —respondió.

—Bueno, ¡no se queden ahí quietos como un montón de marineros de agua dulce enyesados! —dijo el director Barbaverde—. ¡Atrápenla!

Newton salió corriendo de la oficina mientras soplaba su silbato.

—No se preocupe, señor, está todo bajo control —dije.

Unos momentos más tarde, Gretel entró en la oficina sujetando a la señora Hinojo, que pataleaba y luchaba por zafarse. Newton la seguía, todavía soplando el silbato.

—Bien hecho, Newton —gritó Jenny—. Ahora ya puedes dejar de soplar el silbato.

La señora Espinosa llegó pegada a los talones de Gretel.

—Lo siento muchísimo, señor —le dijo al director Barbaverde—. Intenté impedir que lo molestaran...

Pero nadie la escuchaba.

—¡Suéltame! —exigió la señora Hinojo, luchando por soltarse del abrazo de hierro de Gretel.

—¿Promete no volver a correr? —dijo Gretel.

—Lo prometo —dijo la señora Hinojo.

—Suéltala —dijo el director Barbaverde.

Gretel la soltó.

La señora Hinojo sorbió las lágrimas, se irguió y miró al director Barbaverde.

—Bueno, Wendy SMITH —dijo—, ¿qué puedes decir en tu defensa? ¿Por qué robaste nuestro tesoro?

—¡Porque estaba furiosa! —dijo la señora Hinojo—. Tú y tus amigos nunca me dejaban jugar a los piratas. Siempre me perseguían y eran crueles conmigo.

Ahora era el turno del director Barbaverde de sentirse avergonzado.

—Bueno, este, en fin, solo los niños pueden ser piratas. Todo el mundo lo sabe.

—Eso es una tontería —dijo la señora Hinojo—. ¡Las niñas también pueden ser piratas!

—Lo cierto es que ella tiene razón —dijo el señor Sesoalegre—. ¡Las mujeres piratas existen desde al menos el año 600 a.C.! Veamos, está Lady Mary Killigrew, la hija de un pirata que también fue pirata... Lai Choi San de Macao, también conocida como la mujer dragón... Grace O'Malley, la reina pirata de Connemara y, por supuesto, ¡Sadie la cabra!

—¿Sadie la cabra? —dijo el director Barbaverde.

—Sí —dijo el señor Sesoalegre riendo entre dientes—. Solía dar un cabezazo a sus víctimas antes de robarles el dinero. Las mujeres piratas eran tan terribles y pintorescas como sus compañeros hombres.

Jenny, Jack, Newton, Gretel y yo nos miramos. No estábamos seguros de si se lo estaba inventando o no.

—Robé su tesoro —confesó la señora Hinojo al director Barbaverde— porque quería darles a usted y a los demás chicos una lección. Quería demostrar que las niñas podían ser tan buenas piratas como los niños.

—Creo que lo demostró —dijo el director Barbaverde.

—Sí —dijo la señora Hinojo—, solo que perdí el mapa que había dibujado. Te juro que pensaba devolverte el tesoro, pero nunca pude encontrarlo. Lo siento mucho.

—Por favor —dijo el director Barbaverde—, no tienes que disculparte. No es fácil para un viejo lobo de mar como yo reconocer que estaba equivocado, pero lo estaba. Me comporté muy mal. Y si no hubiera sido por mi ignorancia sobre la gloriosa historia de las mujeres piratas, te habría permitido unirte a nuestra pandilla y nada de esto habría pasado.

—No —dijo la señora Hinojo—. Es culpa mía. En primer lugar siento haber robado tu tesoro. Siempre me sentí culpable. Pero cuando los estudiantes y después el señor Sesoalegre empezaron a buscarlo, me preocupé. Entenderé perfectamente que quieras mi dimisión y que busque otro empleo.

—¡Desde luego que no! Creo que pasó suficiente tiempo para que los dos perdonemos y olvidemos. Es todo agua pasada. Y no creo que haya más excavaciones que la molesten... a no ser, claro, que sepa de algún otro tesoro enterrado en la isla.

—No —dijo— y gracias. ¿Podría pedirte solo un favor?

—Sí —dijo el director Barbaverde—. ¿De qué se trata?

—¿Podrían devolverme mi cofre?

—Por supuesto —dijo el director Barbaverde, cerrando la tapa y entregándole el cofre—. ¡Es realmente un hermoso cofre!

La señora Hinojo asintió.

—Gracias —dijo—. Lo hizo mi abuelo. Pensé que lo había perdido para siempre.

Entonces se volvió hacia el señor Sesoalegre.

—Creo que a usted también le debo una disculpa. Después de todo, quizás también hay algo de metodología dentro de sus disparates.

—Me temo que hay más disparates que metodología —dijo el señor Sesoalegre—, pero me alegro de haber sido de ayuda.

—Si algún día tiene tiempo —dijo la señora Hinojo—, me gustaría mucho que habláramos sobre mujeres piratas. Estoy muy interesada en saber más.

—¡Será un placer! —dijo el señor Sesoalegre. Luego nos guiñó un ojo, como diciendo "¿Lo ven?, les dije que le gustaba".

Tenía que admitirlo. Excepto cuando se caía de una ventana, el señor Sesoalegre sabía caer parado. Con un poco de ayuda nuestra, claro.

El director Barbaverde se volvió hacia el señor Sesoalegre.

—Yo también estoy en deuda, Tadeo —dijo—. Tienes empleo en la escuela Central Noroeste Sureste mientras quieras. La señora Tizarrón me ha comunicado que no volverá, así que tu puesto de maestro sustituto del salón 5C puede ser permanente si quieres.

—¿Qué les parece, chicos? —dijo el señor Sesoalegre—. ¿Se cansaron ya de mí?

—¡Nada de eso! —dije—. Creo que debería quedarse.

—Yo también lo creo —dijo Jack.

—Y yo —dijo Newton.

—Y yo —dijo Jenny.

—Y yo —dijo Gretel.

—Y yo —dijo la señora Hinojo.

La señora Espinosa no dijo nada. Para ella el señor Sesoalegre era un malgastador de tiempo... pero, después de todo, a sus ojos todo el mundo lo era.

—Entonces, ¿qué respondes? —dijo el director Barbaverde.

—Por supuesto que me quedaré —dijo el señor Sesoalegre con una sonrisa radiante—, pero con una condición.

—Pide lo que quieras —dijo el director Barbaverde.

—Que el salón 5C se convierta a partir de ahora en 5S —dijo el señor Sesoalegre.

—¡Hecho! —dijo el señor Barbaverde mientras le estrechaba la mano al señor Sesoalegre—. ¡Bienvenido a bordo!

Entonces el director Barbaverde se volvió hacia mí.

—Henry, agradezco mucho tus esfuerzos y los de tus amigos por ayudar al señor Sesoalegre a localizar el tesoro. Como premio, me gustaría que cada uno de ustedes se quede con una pieza del tesoro.

—¡Gracias, señor! —dije—, pero no tiene que hacerlo. ¡Es su tesoro!

—Que jamás habría encontrado si no llega a ser por ustedes —dijo el director Barbaverde—. Ustedes se lo ganaron. ¡Vamos, elijan una pieza!

Miré el tesoro. Para ser sincero, no había nada que quisiera en particular, pero cuando miré, mi mano se sintió misteriosamente atraída por el lápiz y, sin darme apenas cuenta de lo que hacía, lo agarré.

—Creo que me quedaré con este lápiz si a usted no le importa —dije. Era un lápiz extraño, con un dibujo de líneas onduladas con los colores del arco iris y una pequeña goma de borrar verde en la punta. Aún hoy no sé por qué lo elegí, y más tarde me arrepentí, pero esa es otra historia.

El director Barbaverde estaba encantado con mi elección.

—¡No me importa en absoluto! —dijo—. Ese lápiz perteneció a mi mejor amigo, Mark Fortuna. Le encantaba. Ya no vive, pero sé que estaría encantado de que tú lo tengas. Él era muy bueno escribiendo y contando historias, no muy distinto de ti, Henry.

—¡Gracias! —dije—. Lo cuidaré mucho.

Entonces Newton se adelantó con valentía.

—¿Puedo quedarme con la pata de conejo? —dijo—. Siempre quise una pata de conejo.

—¡Por supuesto! —dijo el director Barbaverde, dándosela a Newton—. ¡Un poco de suerte extra nunca le hizo mal a nadie!

Al agarrar la pata, nos pareció que Newton crecía seis pulgadas delante de nuestros ojos.

—Gracias, director Barbaverde —dijo, pareciendo un poco menos nervioso que antes.

Después, Gretel eligió la insignia del alguacil, Jack, el yo-yo y Jenny, el anillo. Le dimos las gracias al director Barbaverde y este se puso firme y nos saludó.

Tomó el parche negro y se lo puso sobre el ojo izquierdo.

—Gracias a todos —dijo—. Han hecho muy feliz a este viejo lobo de mar.

Capítulo 55

Aprender a volar

Nos dirigimos de vuelta a Isla Calavera, donde el resto de la clase aún intentaba sacar a Fred del agujero. Les contamos la buena noticia de que el señor Sesoalegre sería nuestro maestro permanente y todo el mundo dio gritos de alegría. Bueno, todo el mundo menos Fred, que seguía con la cabeza metida en el agujero. Gretel lo sacó y después pasamos el resto de la mañana rellenando los agujeros que habíamos excavado.

Cuando volvimos a la clase, el señor Sesoalegre dio varias palmadas.

Todos lo miramos preguntándonos qué disparatada y asombrosa lección intentaría enseñarnos.

—Quiero que saquen sus libros *Las matemáticas son divertidas* y lo abran en la página cuarenta y cinco —dijo.

Nadie se movió. No era exactamente lo que esperábamos.

—¿Hay algún problema? —dijo el señor Sesoalegre.

—Sí —dijo Fiona.

—Pero pensaba que a ti te GUSTABAN las matemáticas, Fiona —dijo el señor Sesoalegre.

—Y me gustan —dijo Fiona—, pero bueno, después de aprender a respirar, deslizarnos sobre una piel de plátano, hacer una reconstrucción histórica y excavar en busca de un tesoro, las matemáticas ya no me parecen tan divertidas como antes.

—¿De verdad? —dijo el señor Sesoalegre, cerrando su libro de golpe y lanzándolo con habilidad por la ventana como si fuera un Frisbee—. En ese caso, ¡es una suerte que solo estuviera bromeando! Lo que hoy aprenderemos es a volar.

—¿Con cinturones cohete individuales? —preguntó Grant.

—No —dijo el señor Sesoalegre—. Como los pájaros. Les será útil si algún día tienen que saltar de un avión y su paracaídas se estropea. Ahora, ¡en pie todos y muevan los brazos arriba y abajo!

—¡Me da miedo volar! —dijo Newton—. ¡Es peligroso!

—No. Si tienes una pata de conejo, no es peligroso —dijo el señor Sesoalegre—. Y si no dejas de mover los brazos, tampoco. Volar solo es peligroso si dejas de mover los brazos arriba y abajo.

Miré a Jenny y sonreí. Ella me sonrió.

—¿Nos examinará sobre esto? —preguntó Fiona.

Capítulo 56

La lección más importante del señor Sesoalegre

Volar solo es peligroso si dejas de mover los brazos arriba y abajo.

Capítulo 57

El último capítulo

Bueno, esa es mi historia.

Y si estás preguntándote si es cierta, te diré que es completamente cierta.

Hasta la última palabra.

Si alguna vez pasas por Noroeste Sureste y estás cerca de la escuela Central Noroeste Sureste, por favor, pasa a visitarnos.

Es fácil encontrarnos.

Nuestra clase es la primera de la izquierda nada más subir las escaleras.

Y nuestro maestro lleva una chaqueta morada.

Y no olvides pasar primero por la oficina y firmar en el libro de visitas.

Pero no pierdas el tiempo cuando lo hagas. Creo que ya mencioné que a la señora Espinosa no le gusta que le hagan perder el tiempo.

Me encantaría verte y, si te gustó esta historia, ¡tengo un montón más!

Y todas son ciertas.

Todas y cada una de ellas.

Ah, y si te estás preguntando si el señor Sesoalegre nos enseñó a volar, te diré que sí.

Aunque no es fácil. Es verdad que no puedes parar de mover los brazos arriba y abajo en ningún momento.